MARILIE

CHANTS ÉLÉGIAQUES

DE GONZAGA

TRADUITS DU PORTUGAIS

PAR

E. DE MONGLAVE ET P. CHALAS

PARIS

C. L. F. PANCKOUCHE, ÉDITEUR

M DCCC XXV.

~~~~~~~~~~~~~~~~~~~~~~~~~~~~~~~~~~~~~~~

TRADUCTIONS

DE

TOUS LES CLASSIQUES

GRECS, LATINS, ITALIENS, ANGLAIS, ESPAGNOLS,
ALLEMANDS, etc.

Édition in-trente-deux.

C. L. F. PANCKOUCKE, ÉDITEUR,

RUE DES POITEVINS, Nᵒ. 14.

Chaque auteur pourra être acquis séparément.

Le prix de chaque volume sera de 3 fr., et de 3 fr. 40 c., franc de port.

Chaque volume sera broché avec une couverture en papier lisse de couleur, et étiqueté.

On pourra envoyer un bon par la poste ou par une relation à Paris.

Les prospectus indiqueront plus spécialement l'application de notre plan général.

Nous publierons tous les auteurs grecs, latins

et italiens, avec le texte en regard. Pour les autres langues, nous attendrons que le public prononce son désir de voir joindre le texte en regard de la traduction.

Mais, en résultat, notre collection renfermera la traduction de tous les CHEFS-D'ŒUVRE CLASSIQUES dans toutes les langues.

Les caractères sont fondus par MM. Firmin Didot, qui imprimeront concurremment avec nous.

Le papier vélin superfin satiné, le format et le caractère seront entièrement semblables à ceux de ce prospectus.

La souscription est ouverte chez l'éditeur C. L. F. PANCKOUCKE, rue des Poitevins, n°. 14, et chez tous les libraires de la France et de l'étranger.

État des livraisons publiées jusqu'à ce jour.

Jérusalem délivrée.	4 vol.
Oberon.	1
Juvénal.	1
Sentences de Publius Syrus.	1
Œuvres de Gœthe.	1

MARILIE

PARIS, IMPRIMERIE DE C. L. F. PANCKOUCKE,

RUE DES POITEVINS, N°. 14.

MARILIE

CHANTS ÉLÉGIAQUES

DE GONZAGA

TRADUITS DU PORTUGAIS

PAR

E. DE MONGLAVE ET P. CHALAS

PARIS

C. L. F. PANCKOUCKE, ÉDITEUR

M DCCC XXV.

NOTICE.

La langue portugaise tire son origine de la langue romane, fille des langues romaine et tudesque. Ce n'est pas un dialecte du castillan ; si elle s'en rapproche dans un certain nombre de mots empruntés à l'arabe, elle en diffère essentiellement par sa structure et par sa prononciation.

Alphonse VI, roi de Castille, menacé par les Maures, vit accourir à sa défense plusieurs chevaliers étrangers, parmi lesquels se trouvait Henri de Bourgogne, prince du sang de France. Les infidèles ayant été battus, le vieux monarque donna en récompense à son jeune libérateur la main de sa fille Thérèse et le comté de

Portugal. Henri attira dans sa résidence de Guimarens une foule de savans, d'artistes et de poètes français, qui cultivèrent la langue du pays et l'enrichirent de nombreuses expressions. L'esprit national des Portugais affectionne encore le français comme une langue mère et s'efforce de reproduire chaque branche de sa littérature. Peut-être même pousse-t-il l'imitation trop loin.

Le portugais est riche, sonore, expressif; il se prête à tous les tons et offre le plus parfait accord entre l'écriture et la prosodie. Sa prononciation mélodieuse et tendre lui a fait donner par les Espagnols le nom de *langue des fleurs*. La meilleure grammaire portugaise est celle de Pedro-José de Figueiredo; le meilleur dictionnaire est celui d'Ant. Moraes de Silva. Cette langue est préférable à l'espagnole pour la conversa tion. C'est un gazouillement aimable qui rappelle l'italien, le béarnais, le languedocien. L'esprit des cercles a la franchise et la naïveté de nos *anciennes cours d'amour*. Les Portugais ont conservé ces tournures brèves, originales et gracieuses qui charmaient dans les écrits des *Trouvères*, et qu'une fausse pruderie ravit chaque jour à notre littérature. Leurs richesses en synonymes, en épithètes, en augmentatifs, en diminutifs, sont considérables, et presque tous leurs substantifs ont des adjectifs, des verbes et des adverbes correspondans. Leurs improvisateurs peuvent lutter glorieusement avec ceux de l'Italie.

La langue portugaise est le seul monument de l'ancienne grandeur de la Lusitanie. Elle unit encore toutes les branches du commerce de l'Afrique et des Indes. Sa littérature est assez complète, sans être riche. Partout s'offrent d'heureux essais, nulle part de l'abondance, excepté dans les poésies lyrique et bucolique. Sa versification a du nombre, de l'éclat, du sentiment, beaucoup de dignité épique, de l'âme, de l'énergie dramatique, mais en général peu d'élévation dans les idées. Elle est cependant bien supérieure à la prose, que le bras de fer d'une domination étrangère et les bûchers du saint-office ont trop long-temps dépouillée de toute philosophie, de toute critique, et réduite à la dure nécessité de défigurer l'histoire et d'abaisser l'éloquence.

C'est aux Juifs que les Portugais sont redevables de leurs premières connaissances en philosophie, en botanique, en médecine, en astronomie, en géographie. Pour les récompenser des trésors scientifiques dont ils avaient enrichi la patrie, on les bannit. Ainsi les souverains et les peuples se déchargent trop fréquemment du poids importun de la reconnaissance.

Le goût des lettres est plus universellement répandu en Portugal qu'en Espagne, et le commerce de livres avec l'Angleterre et la France est beaucoup plus considérable à Lisbonne qu'à Madrid. De 1801 à 1809, il a été imprimé en Portugal environ dix-huit cents ouvrages, parmi lesquels douze cents compositions originales, quatre cent trente traductions, cinquante-sept écrits périodiques, quarante éditions nouvelles, sans compter les livres de l'université de Coïmbre. Les imprimeurs sont au nombre de seize, un à Coïmbre, trois à Oporto et douze à Lisbonne. Dans ces trois villes seulement on trouve des librairies et des bibliothèques assez importantes. Les lettres, les sciences et les arts y sont encouragés.

Enfin, l'enseignement mutuel y est l'objet de la sollicitude du gouvernement.

Le théâtre, long-temps livré à des jongleurs qui rappelaient nos confrères de la passion, fait depuis quelques années des efforts pour sortir de cette fausse route. D'heureux essais présagent qu'il en est digne. Des talens s'y développent chaque jour, surtout depuis que les rôles de femmes ne sont plus joués par des hommes déguisés.

La poésie portugaise florissait avant l'espagnole, et ce qu'on sait de la première civilisation de la Lusitanie nous montre un élan tout poétique dans l'esprit de la nation. Les poètes les plus anciens que nous connaissons, appartiennent au douzième siècle : ce sont Gonzales, Henriquez et Egaz-Moniz, dont les chansons ne sont plus généralement comprises.

Dans le treizième siècle, la langue prit une allure plus franche et plus régulière. Le roi Denis fut le protecteur des lettres, et se distingua lui-même par des poésies ⬤nes de goût et de sensibilité.

Au quatorzième siècle, Alphonse IV et Pierre Ier unirent également le laurier des muses à la couronne royale. Dès lors la poésie italienne paraît avoir exercé une grande influence sur la poésie portugaise, comme on peut s'en convaincre par la plupart des sonnets de l'époque. Don Pedro, fils de Jean Ier, traduisit avec bonheur ceux de Pétrarque.

Le quinzième siècle, cet âge d'or de l'héroïsme lusitanien, vit commencer la lutte glorieuse de la littérature portugaise avec l'espagnole. L'amour et la guerre, la tendresse et la valeur, la poésie et la gloire embrasaient l'âme de cette nation qui, à travers les abîmes de l'Océan, s'élançait sur les plages de l'Afrique et des Indes. Cet éloignement de la patrie, ce danger de la mort auquel ils étaient sans cesse exposés, versaient dans leurs chants une douce mélancolie qui s'alliait merveilleusement à l'activité de ce peuple, à son effervescence héroïque et même à sa cruauté. Tel est l'esprit général des *cancioneiros* du temps de Jean II.

Un poète s'illustra sur la fin de ce siècle et dans les premières années du suivant : c'est Bernardim Ribeyro qui écrivait sous le règne du grand Manuel (1495–1521.) Le premier, il introduisit dans sa patrie l'idéal de la vie pastorale. Cette direction du goût national a produit quelques églogues tendres, aimables, langoureuses ; mais un plus grand nombre encore de maniérées, de monotones et de glaciales. Un contemporain de Ribeyro, l'amiral Falcao, gouverneur de Madère, a exhalé son amour dans une idylle de plus de neuf cents vers pleins d'une mysticité romantique. Les premiers romans nationaux ne s'élèvent pas au-dessus de *Melusine*.

Les Portugais placent en tête de leurs classiques le lyrique Sa é Miranda (1550) et l'auteur de la tragédie d'Inez de Castro, le docteur Antonio Ferreira (1560) qu'ils ont surnommé leur Horace. Ils furent suivis dans la carrière par Pedro de Andrade Carminha et par Diego Bernardes Pimenta (1590); mais le meilleur poète de cette époque et de celles qui lui succédèrent, est, sans contredit, Louis de Camoens, si justement célèbre par son génie, par sa vie aventureuse et par sa fin déplorable. Les Portugais lui doivent leur première épopée, dont la véritable héroïne est la patrie. Cet ouvrage, le plus beau monument élevé à la gloire du Portugal, vivra dans les siècles malgré la défectuosité de son plan, ses fréquentes taches de mauvais goût, l'abus d'une érudition pédantesque et le monstrueux mélange du christianisme et de la mythologie. Le modèle de Camoens, dans l'art dramatique, est Gil-Vicente, surnommé le Plaute lusitanien (1557). La collection de ses pièces, dont les sujets sont en grande partie tirés de l'espagnol et de l'italien, jouissait d'une si grande réputation en Europe, qu'Erasme apprit tout exprès le portugais pour la lire dans l'original.

Cette époque était celle de la poésie pastorale. Rod. Lobo fit des Bergeries fort ennuyeuses, dans lesquelles on rencontre cependant quelques bonnes romances et quelques jolies chansons. Sa prose est généralement supérieure à ses vers. Corte-Real a plus de mérite ; sa description poétique du siége de *Diu* ne manque ni d'élégance, ni de mouvement. Ces deux auteurs ouvrirent aux historiens portugais la carrière dans laquelle de si beaux lauriers attendaient, sous le règne de Jean III, Jean de Barros, surnommé le Tite-Live de la Lusitanie. Bernardo de Britto écrivit, à la même époque, sa *Monarchie portugaise;* son style est mâle et ferme ; mais, comme sa chronique remonte à la création du monde, la mort le frappa avant qu'il fût parvenu à la fondation de sa patrie. Le religieux Dominiquin Fr. Luis de Souza écrivit la vie de saint Dominique et celle de saint Barthélemy, les deux plus beaux fleurons peut-être de la couronne littéraire du Portugal.

Au seizième siècle, le Portugal étant tombé sous la domination espagnole, la littérature des vaincus ne jeta pendant quelques années qu'une lueur incertaine. Le célèbre polygraphe, Manoel de Faria é Souza se glorifiait d'avoir écrit chaque jour de sa vie douze feuilles à trente lignes la page. On a de lui un commentaire sur Camoens, fait sans discernement et sans esprit. Il n'était cependant pas dépourvu de mérite, et plusieurs de ses sonnets doivent être distingués dans la foule de ceux qui encombrent la littérature portugaise. Le prédicateur jésuite Ant. Vieira a laissé 21 vol. in–4°., dans lesquels on remarque un grand nombre de passages que Bossuet n'eût pas désavoués, entre autres le sermon prononcé dans une des églises de Bahia, au moment où cette ville était menacée par les troupes hollandaises, sermon que Raynal a traduit avec assez de bonheur. Barbosa-Bacellar se fit un nom dans la poésie élégiaque. Le proscrit Freyre de Andrade s'illustra par sa vie de Don Jean de Castro, vice-roi des Indes. On doit à la religieuse Violante do Ceo qui vivait en 1646, des rimes et des soliloques ; mais ses œuvres, comme celles de son contemporain Jérôme Bahia, décèlent plus de pédantisme que d'art, et plus d'art que de génie.

L'influence du siècle de Louis XIV fut fatale à la littérature portugaise qu'elle surchargea de gallicismes barbares et de serviles imitations. Pour rappeler la langue à sa pureté primitive, le gouvernement fonda des académies ; mais les jésuites et l'inquisition se réunissaient pour étouffer le germe des talens. Enfin, Pombal parut, et sous sa brillante administration, l'énergie nationale se réveilla. L'université de Coïmbre et ses chaires de philosophie, de théologie et de morale furent purgées de ces lourdes discussions scolastiques, écueils du bon sens et de l'imagination; une censure paternelle fut instituée uniquement pour prévenir les écarts politiques; enfin, les arts, les sciences et les lettres devinrent l'objet d'une sollicitude toute particulière.

Un seul homme se distingua dans le commencement du dix-huitième siècle; ce fut Don Luis de Menezes, comte de Ericeyra. Il correspondait avec Boileau, dont il a traduit l'Art poétique. *La Henriqueida* ou la fondation de la monarchie portugaise par Henri de Bourgogne devait être plus régulière que les Lusiades; mais l'étude de Boileau ne suffisait pas pour inspirer à Menezes le génie de Camoens. Un autre poëme, sur les jésuites du Paraguay, par le Brésilien José Basilio da Gama, est justement estimé. Deniz da Cruz é Silva s'est immortalisé par ses belles odes pindariques et par son joli poëme héroï-comique o Hyssopo, *le Goupillon*, dont le seul défaut est de ressembler au *Lutrin*. Les œuvres du poète Pedro Ant. Correa Garçao méritent d'être citées avec éloge. Almena a traduit en vers les quatre premiers livres des Métamorphoses d'Ovide. Francisco Manoel, fuyant les bûchers de l'inquisition, se réfugia en 1778 à Paris, où il publia des poésies lyriques pleines d'élégance et de mouvement. Il y mourut universellement regretté, à l'âge de quatre-vingt cinq ans. Un poète également digne de fixer nos regards, et par la pureté de son goût, et par son origine, qui semble être toute française, est le célèbre Manoel Maria Barbosa du Bocage, qui mourut en 1803 à Lisbonne. Ses œuvres sont dédiées à la comtesse d'Oyenhausen qui, elle-même, s'est fait connaître dans la littérature portugaise par une bonne traduction de l'*O-béron* de Wieland[1].

A côté de l'infortuné du Bocage, figure avec honneur, non pour l'étendue de ses ouvrages, mais pour la conformité de ses talens et de ses malheurs, l'élégiaque Thomas Antonio Gonzaga, dont nous avons essayé de faire passer le petit chef-d'œuvre dans notre langue. Né dans la province de Bahia, au Brésil, Gonzaga remplit les hautes fonctions de la magistrature à Villa-Rica, capitale de la province de Minas-Geraës, dans la même vice-royauté. Sa sagesse et son intégrité lui concilièrent tous les cœurs.

---

1. Parmi les poètes vivans, les Portugais estiment José Monteiro da Rocha, Mozinho d'Albuquerque, et surtout l'élégant traducteur de Milton, le vicomte de S. Lourenço.

Il avait demandé en mariage une jeune personne d'une des premières familles du pays, tendre objet de ses affections, que dans ses vers il a immortalisée sous le nom de *Marilie*. Sa société habituelle se composait d'un de ses collègues, le docteur Bandeira, à qui, dans ses chants, il donne le nom de *Glauceste*; du docteur Claude Manoel da Costa, avocat à Villa-Rica, excellent poète, et l'un des plus célèbres écrivains de l'époque, qu'il appelle *Alceste*; enfin, de son cher *Alcée*, le colonel Alvarenga, d'abord magistrat comme lui, mais qui, riche, marié, et peu laborieux, sollicita et obtint le commandement d'un corps de milice.

Alors le Brésil était courbé sous le joug des vice-rois et des gouverneurs généraux de provinces, envoyés de Lisbonne, dignes successeurs des premiers conquérans, farouches dictateurs, affa-

més de richesses. Les quatre amis s'en-
tretenaient souvent des maux de la patrie et des remèdes à y apporter. Ils igno-
raient, les imprudens, que sous le des-
potisme les murs ont des oreilles. Déjà,
à plusieurs reprises, le vice-roi, comte
de Resende, avait sommé le gouverneur-
général de la province de Minas-Geraës,
Louis de Cunha Menezes, depuis comte
de Lumiares, de surveiller plus active-
ment ses administrés, et de sévir, s'il le
jugeait nécessaire aux intérêts de la mé-
tropole. Menezes connaissait les réunions
de Gonzaga et de ses amis; mais, ab-
sorbé par les plaisirs, il ne songeait pas
à les défendre, et lorsque ses espions
lui rapportaient les propos qui s'y tenaient : Laissez-les dire, répondait-il,
ce sont des ivrognes. C'est avec ce mépris
insultant que les *nobles* maîtres du Brésil
traitaient ceux qu'ils regardaient comme

des serfs attachés à la glèbe, ces vertueux colons dont ils dévoraient la fortune et l'industrie.

Cependant Menezes était rappelé, et le vicomte de Barbacena envoyé à sa place. Le vice-roi le trouva plus disposé à lui obéir que son prédécesseur. A sa voix, des agens provocateurs, écume de la population du Portugal, se répandirent dans les provinces, fomentèrent le mécontentement qui couvait encore, excitèrent les esprits à la vengeance, et firent retentir ce mot de liberté, toujours si magique pour le peuple auquel l'oppression n'a pas enlevé toute son énergie. La tactique des conspirations imaginaires n'est pas une nouveauté en politique. Plus d'une fois ce sanguinaire expédient a débarrassé le pouvoir ou ses agens d'existences qui leur étaient à charge.

Gonzaga venait de recevoir de la cour de Lisbonne sa nomination à un emploi supérieur dans la ville de Bahia, sa patrie; il n'attendait que l'autorisation du vice-roi pour s'unir enfin à Marilie, et se mettre en route avec elle, lorsque tout à coup sa demeure et celles de ses amis sont cernées au milieu de la nuit.

Bandeira, prévenu du danger qui le menaçait, avait pris la fuite et s'était embarqué pour Lisbonne, où le crédit de ses parens réussit à le faire absoudre. Les autres ne furent pas aussi heureux.

Alvarenga, chargé de fers, abreuvé d'outrages, jugé par un tribunal vendu au vice-roi, fut déporté pour toute sa vie sur les côtes d'Afrique. L'infortuné mourut avant d'arriver à sa destination. Son épouse et ses enfans, privés de son appui, eurent encore la douleur de se voir dépouillés de leurs biens par cette terrible loi de confiscation que les cortès de 1822 avaient abolie, mais que le gouvernement de 1824 a remise en vigueur, au grand préjudice des descendans de cette innocente victime de la tyrannie, et à la honte de la civilisation européenne.

Le poète C. Manoel da Costa fut trouvé étranglé dans son cachot. Peu de personnes ont attribué sa mort à un suicide. De terribles bruits ont couru à ce sujet, et ils devraient livrer ses persécuteurs à l'exécration des siècles, si les accusations auxquelles ils sont en butte, pouvaient être prouvées.

Pour Gonzaga, il fut transféré à Rio-Janeiro, où, après avoir langui plusieurs années dans les prisons les plus infectes, il fut jugé et condamné à un exil de dix ans à Mozambique, sur les côtes d'Afrique. Au fond de son cachot, il ne cessa pas de chanter Marilie. Arrivé dans le lieu de son exil, il y subit courageusement sa peine et y mourut long-temps après. Marilie repoussa d'abord toutes les offres de mariage qui lui furent faites. Vaincue enfin par les prières et par les menaces de sa famille, elle devint l'épouse d'un officier de l'armée brésilienne.

Le chef-d'œuvre de Gonzaga ne forme qu'un volume de deux cent vingt pages petit in-18. Il est intitulé *Marilie de Dircée.* Ce dernier nom est celui qu'à l'exemple de ses compatriotes, le poète prenait dans ses ouvrages. Ce volume est divisé en deux livres, composés chacun de trente-sept à trente-huit lyres ou élégies toutes différentes, si ce n'est par les sujets qu'elles traitent, du moins par la manière dont ils sont traités. Le premier livre a été écrit à Villa-Rica, le second dans la prison de Rio-Janeiro. Il y a dans le premier beaucoup de grâce, de simplesse, de naïveté, quelquefois même de l'élévation et de la philosophie. On voit que le poète s'est nourri de la lecture d'Anacréon, de Virgile, d'Horace, et plusieurs de ses lyres semblent avoir été dérobées au chantre de Tibur. La poésie en est abondante, harmonieuse, souvent imitative, d'un rythme toujours varié, exempte de mots prosaïques et de tournures vulgaires. On ne peut reprocher à ce livre qu'une trop grande ressemblance entre l'idée première de chacune de ses pièces, un peu de sécheresse d'imagination, un grand abus d'érudition scolastique, enfin un trop fréquent emploi de cette vieille mythologie si peu analogue à nos connaissances actuelles. Le second livre lui est évidemment supérieur. L'écho des souterrains a redit les chants qu'il renferme.

La plupart ont été tracés avec une plume formée de la tige d'une orange, et avec une encre produite par la suie dont une lampe infecte noircissait les murs du cachot. Ils sont plus graves, plus mâles, plus variés, et sans être exempts de mauvais goût, ils émeuvent et agitent plus fortement que ceux du poëte en liberté. Il y a dans le second livre de Gonzaga beaucoup de notre Béranger. L'Anacréon brésilien semble essayer, sous les verroux, cette lyre que, plus tard, l'Anacréon français devait faire résonner dans l'enclos de Sainte-Pélagie.

Les Portugais font un grand cas du chantre de Marilie. Son livre est le *vade-mecum* de ce peuple, l'un des plus poétiques de l'univers. Il n'existe pas une de ses lyres qui n'ait été plusieurs fois mise en musique, et que la guitare ne reproduise sans cesse jusque dans les plus sombres déserts du Brésil. Nous avons parcouru nous-mêmes les lieux témoins des amours de *Dircée*, et ce n'est pas sans une vive émotion que nous avons entendu les échos de Villa-Rica soupirer tristement le nom de *Marilie*.

On a imprimé il y a quelques années à Lisbonne un prétendu troisième livre de Gonzaga ; il suffit d'y jeter un coup d'œil pour reconnaître la supercherie d'un maladroit imitateur.

Nous ne parlerons pas de notre traduction ; le droit de la juger appartient tout entier au public. Fidèles au précepte d'Horace, nous ne nous sommes pas servilement astreints à rendre mot par mot, phrase par phrase. C'est le génie du poète le plus aimable du Portugal que nous avons essayé de faire passer dans notre langue, en regrettant que le peu de flexibilité de la prose française

ne nous ait permis de donner à nos lec-
teurs qu'une bien faible idée de son harmonie imitative, de son rythme souple
et varié, de son style tour à tour gracieux, profond et énergique.

———

MARILIE

~~~~~~

LIVRE PREMIER

LYRE I.

—

Je ne suis pas, Marilie, un berger mercenaire, dont le vil langage trahit les grossières habitudes, et qui, jouet des caprices d'un maître, éprouve tour à tour les ardeurs d'un soleil brûlant et les atteintes des noirs frimas. La chaumière que j'habite, est la mienne ; j'ai des champs qui me donnent du vin, des fruits, des herbages et de l'huile ; je trais mes blanches brebis, et leurs fines toisons forment mes vêtemens.

Remercions, belle Marilie, remercions mon heureuse étoile.

Les eaux de la fontaine ont réfléchi mes traits :
mon front n'est point sillonné de rides. Les bergers de la montagne respectent le pouvoir de ma
houlette. Si j'essaie ma lyre, je déploie tant d'art
et d'adresse qu'Alceste lui-même en est jaloux.
Souvent aussi ma voix seconde ses divins accords,
et les vers que je chante sont tous enfans de ma
muse.

Remercions, belle Marilie, remercions mon
heureuse étoile.

Mais je n'ai connu le prix de tous ces biens,
que du moment où mon amour t'en a rendue
maîtresse. Il est beau, Marilie, il est beau de
posséder un troupeau qui couvre la montagne
et la plaine; mais, bergère jolie, tes faveurs
valent mieux qu'un troupeau, mieux qu'un
trône.

Remercions, belle Marilie, remercions mon
heureuse étoile.

Le feu divin de tes yeux défierait l'éclatante
lumière du soleil; le doux reflet de la rose naissante colore les contours de ton charmant visage;
tes blonds cheveux sont des fils d'or, et ta seule

présence embaume l'air que l'on respire. Non,
Marilie, jamais le ciel n'enfanta un trésor pareil
à toi; jamais l'amour ne mérita plus de gloire.

Remercions, belle Marilie, remercions mon
heureuse étoile.

Que le fleuve débordé sur les campagnes entraîne au loin l'espoir de ma moisson! Que le
fléau dévastateur m'enlève jusqu'à la dernière
brebis de mon blanc troupeau! Qu'ai-je besoin
de tous ces biens? Suis-je esclave de ces pas-
sions ambitieuses qui tiennent le monde enchaîné? Que me faut-il pour vivre heureux? un
seul de tes regards; un seul de tes sourires.

Remercions, belle Marilie, remercions mon
heureuse étoile.

Je guiderai tes pas dans les sentiers de nos
bocages. Là, durant la chaleur du jour, ma tête
reposera sur tes genoux, et un léger sommeil
fermera mes paupières; ou bien, tandis que les
bergers se livreront aux hasards de la lutte, ou
mesureront, d'une course égale, l'étendue de nos
campagnes, j'ornerai tes blonds cheveux de fleurs

sauvages, et sur l'écorce des arbres qui nous protégeront je graverai tes louanges.

Remercions, belle Marilie, remercions mon heureuse étoile.

Mais, lorsqu'atteint par l'inévitable mort, il nous faudra quitter ces coteaux, ou d'autres coteaux peut-être, alors le même tombeau nous réunira, et sur la pierre environnée de cyprès les bergers liront ces mots : « Amans qui cherchez le bonheur, suivez leur exemple.»

Remercions, belle Marilic, remercions mon heureuse étoile.

~~~~~~~~~~~~~~~~~~~~~~~~~~~~~~~~~~~~

LYRE II.

—

L'amour qu'invoquent les poètes, chère Marilie, est un enfant aveugle; il est nu; un arc
brille dans ses mains; un carquois, plein de
flèches, repose sur ses épaules qu'embellissent
des ailes légères.

Cet amour, belle Marilie, n'est point celui
que je connais. Non; ce dieu n'est point enfant,
il n'est point aveugle, il ne porte ni flèches, ni
ailes. Écoute, je vais en tracer une image d'au-
tant plus fidèle, que déjà ses traits ont déchiré
mon cœur.

Les longs cheveux qui flottent sur son cou
d'albâtre, sont plus beaux que ceux d'Apollon;
mais ils n'en ont point la couleur dorée. Ils ont

celle de la nuit obscure [1], et leurs boucles ondoyantes forment avec les lis du visage un con-
traste ravissant.

Son front respire la candeur ; sa voix est
douce et pénétrante ; son regard, modeste et
timide ; ses yeux jettent une lumière divine.

Les blanches fleurs du jasmin, les feuilles
empourprées de la rose colorent son gracieux
visage ; ses lèvres sont des rubis, ses dents des
perles d'ivoire.

A peine eus-je aperçu ce dieu séducteur,
qu'il me soumit à sa puissance. Il fixait les yeux
sur moi quand je ne le regardais pas. Quand je
le regardais, il baissait jusqu'à terre ses modestes
paupières.

Si je lui vantais l'éclat de sa beauté, il gar-
dait le silence et souriait dédaigneusement. Si
je lui peignais les tourmens de mon âme, il ne
me répondait que par un soupir.

1. Nous avons scrupuleusement respecté les inspirations
du poëte. Il chante ici la noire chevelure de Marilie ; plus
loin il vante l'éclat de ses cheveux dorés.

Je devinai bientôt ses alarmes, et la douce
espérance se glissa dans mon cœur. Mais, quand
je voulus couvrir ses doigts de neige de baisers
amoureux, il me repoussa doucement, et son
visage s'inonda de pleurs.

Maintenant, Marilie, tu devines quel portrait
j'ai tracé dans mes vers. C'est le tien : car si
l'amour existe, il voile sa puissance sous tes
charmes séducteurs.

LYRE III.

Nul mortel, chère Marilie, ne peut se soustraire au pouvoir de l'amour. Il triomphe des
héros et subjugue les cœurs les plus vulgaires.
Non, il n'a point reçu en partage les dons du
génie, celui qui reste insensible aux regards de
la beauté : ses coupables dédains offensent la
nature.

Les traits de l'Amour ont pénétré jusque dans
le ciel. Plusieurs fois le grand Jupiter a senti
leur atteinte; plusieurs fois, de séduisans stra-
tagèmes ont adouci les tourmens de ce maître
des dieux. Mars lui-même a connu sa puissance;
le filet de Vulcain l'a surpris dans les bras de
Vénus.

Les feux de l'amour embrasent tous les mortels; mais celui-là seul ennoblit sa défaite, qui

ne céde qu'à la beauté. De médiocres attraits n'enchaînèrent point le cœur du souverain de l'Olympe; il aima la belle Danaë, il ravit la belle Europe à ses compagnes chéries.

Si l'amour, quand il s'adresse à la beauté, n'humilie point le maître du monde, quelle doit être ma gloire, lorsque, par mon choix, je l'emporte sur Jupiter lui-même. Le dieu qui lance la foudre n'aima que de séduisantes beautés; j'adore tes charmes divins et je ne suis qu'un mortel.

LYRE IV.

———

Je souffre, Marilie, je baigne de mes larmes les fers pesans d'un maître capricieux, et ce sont tes yeux coupables que j'en accuse.

Marilie, écoute un triste berger.

Je t'ai vue, et mon sang s'est troublé, ma voix s'est éteinte; un frisson m'a saisi, une funeste pâleur à décoloré mon visage.

Marilie, écoute un triste berger.

Un demi-regard, un demi-sourire augmentaient, chaque jour, le feu que tu avais fait naître dans mon cœur.

Marilie, écoute un triste berger.

Dès ce moment je fus ton esclave; je conduisais ton troupeau à la plus claire fontaine, au plus gras pâturage.

Marilie, écoute un triste berger.

Pour toi je ravissais à leurs mères les fauvettes à peine écloses, et dont les petits becs s'entr'ouvraient de faim et de frayeur.

Marilie, écoute un triste berger.

J'étais fier des louanges qu'on te prodiguait, et cependant je ne sais quelles craintes jalouses venaient altérer mes traits.

Marilie, écoute un triste berger.

Te réjouissais-tu, Dircée était joyeux. Paraissais-tu rêveuse, Dircée soupirait.

Marilie, écoute un triste berger.

« Lorsque tu parles à Laure, disait Marilie, Laure est heureuse.... » et moi avec un secret plaisir je voyais ces inquiets soupçons d'amour.

Marilie, écoute un triste berger.

Vaincue par tant de soins, tes bras s'ouvrirent et tu m'offris le plus doux gage de tendresse.

Marilie, écoute un triste berger.

Le temps, disais-tu, changera tout ce qui nous environne; mon cœur seul ne changera pas.

Marilie, écoute un triste berger.

Cependant ton cœur a changé, Marilie, et les épais ombrages du bosquet témoin de tes sermens n'ont point perdu leur fraîcheur.

Marilie, écoute un triste berger.

Mais pourquoi t'accuserais-je? N'est-ce pas le sort tyrannique qui t'a ravie à mes embrassemens? Lui seul fut coupable; j'oublie mon infortune en pensant que tu ne le fus jamais.

Marilie, écoute un triste berger.

———

~~~~~~~~~~~~~~~~~~~~~~~~~~~~~~~~~~~~~~~

LYRE V.

———

Combien diffèrent nos génies! combien nos destinées sont esclaves de leur étoile! Celui-ci, déployant une voile éclatante, affronte, sur une nef fragile, les fureurs de l'Océan; celui-là, couvrant sa robuste poitrine d'une formidable armure, guide les vaillantes cohortes, fait avancer les tours et tomber les remparts.

L'avare défend à son fils l'entrée de son trésor; il s'y enferme, et la table, sur laquelle il étend ses richesses, fléchit sous le poids. Le joueur insensé jette négligemment les dés et voit, dans une seule nuit qu'il dérobe au sommeil, s'évanouir le reste des biens dont il hérita de son père.

Le voluptueux, tout entier aux plaisirs de la table, attache son bonheur aux charmes d'un

festin. Le tendre poète verse des pleurs au récit
des vers qu'enfanta le génie ; le sage Galilée saisit
le compas, et, sans quitter la terre, révèle au
monde la distance des étoiles et l'immense espace
du soleil.

Ainsi, belle Marilie, chaque mortel obéit à
ses penchans. Pour moi, les heures me semblent
fortunées quand je contemple les grâces de ton
joli visage, et, sans m'inquiéter si le soleil se
meut ou si la terre décrit un cercle rapide, je
reconnais le pouvoir des dieux.

Je contemple tes blonds cheveux, tes joues de
jasmin et de rose ; je contemple tes yeux charmans, tes dents d'ivoire, les contours de ta taille
élégante. Oui, Marilie, celui qui fit une œuvre
si parfaite et si belle, a pu aussi créer le ciel et
pouvait créer plus encore peut-être.

LYRE VI.

—

Ne vois-je pas les belles campagnes où s'écoulèrent mes jeunes années? Ne vois-je pas la prairie où bondissait le gras troupeau qu'Alcée me
laissa?

Oui, ces campagnes sont les mêmes; seul j'ai
changé; Marilie, tu m'appelles; attends; j'accours.

De ce rocher tombait un ruisseau. A son doux
murmure, que de fois mes paupières se sont
fermées! Aujourd'hui la blanche écume ne
couvre plus les cailloux brisés. Le ruisseau aurait-il par hasard changé son cours?

Non, ces campagnes sont les mêmes; seul j'ai
changé; Marilie, tu m'appelles; attends; j'accours.

Ici j'essayais mes joyeuses chansons; trois fois

l'écho redisait mes paroles. Maintenant, si je l'appelle, il ne me répond plus. Se cacherait-il, fatigué de me renvoyer mes soupirs?

Non, ces campagnes sont les mêmes; seul j'ai changé; Marilie, tu m'appelles; attends; j'accours.

Là un ruisseau se jouait au milieu des gazons et des fleurs. Plus loin grandissait un bois touffu et solitaire. Le temps rapide aurait-il tout détruit?

Non, ces campagnes sont les mêmes; seul j'ai changé; Marilie, tu m'appelles; attends; j'accours.

Mais que dis-je? Tout a-t-il pu changer dans l'espace d'un jour? Les fontaines et les bosquets existent encore; les prairies ont leurs fleurs; la cascade s'élance et jamais n'a tari.

Oui, ces campagnes sont les mêmes; seul j'ai changé; Marilie, tu m'appelles; attends; j'accours.

Mon cœur, autrefois libre et fier, est devenu le jouet des perfides amours. Les belles cam-

pagnes, témoins des jeux de mon enfance, hélas !
n'ont point changé; mais, depuis que la beauté
m'enchaine, mes yeux ne les reconnaissent plus.

Oui, ces campagnes sont les mêmes; seul j'ai
changé; Marilie, tu m'appelles; attends; j'accours.

———

LYRE VII.

Je vais peindre Marilie, Marilie mes amours.
Qui me donnera les couleurs ? La terre n'en a
pas qui soient dignes de cette belle ; le lis, la
rose, le jasmin, toutes les autres fleurs ne suffisent pas à mes pinceaux.

Amour, amour, seconde la plus douce de
mes entreprises ! Vole, vole au dessus des astres
et rapporte-moi les teintes du ciel.

Mais non, attends ; cherchons encore, explo-
rons les vastes mers ; peut-être y trouverai-je
l'objet de mes désirs. Vain espoir ! Je vois les
charmes de Marilie. Le corail vermeil, les perles
éclatantes ne peuvent m'être d'aucun secours.

Amour, amour, seconde la plus douce de mes
entreprises ! Vole, vole au dessus des astres et
rapporte-moi les teintes du ciel.

Le ciel seul peut avoir des charmes compa-
rables à ceux de Marilie ; mais ces traits gracieux, ces yeux noirs qui portent l'ivresse et la
mort, toutes ces grâces touchantes et légères, je
ne vois point d'étoiles, je ne vois point d'aurore qui puissent les égaler.

Amour, amour, seconde la plus douce de
mes entreprises ! Vole, vole au dessus des astres
et rapporte-moi les teintes du ciel.

Entrons, amour, entrons dans les régions cé-
lestes. Paraissez, Pallas, Junon, et toi, déesse
de Cythère. Ah ! si Marilie vous eût disputé le
prix de la beauté, Pâris eût été juste, et cependant Marilie l'eût emporté sur ses trois rivales.

Amour, amour, en vain tu secondes la plus
douce de mes entreprises. Pour peindre Marilie,
les teintes du ciel ne suffisent pas.

LYRE VIII.

———

Je suis captif, belle Marilie, je suis captif;
mais ce n'est pas le bras d'un ennemi superbe,
ce n'est pas le hasard d'un combat sanglant qui
m'ont ravi la liberté. Une âme généreuse et fière
ne supporte d'autres fers que ceux de l'amour.

Que d'autres soient au loin entraînés, suc-
combant sous le poids de lourdes chaînes! Mes
liens sont des fils d'or, et ils m'attachent au
char d'une déesse.

Caché dans tes yeux enchanteurs, l'amour y
déclare à tous une tyrannique guerre. Le trait
enflammé qu'il agite, part, et, rompant la nue,
arrive encore brûlant au sommet de l'Empirée.

Suspendues sur leurs ailes d'or, les abeilles

pompent les sucs parfumés des fleurs épanouies ;
suspendus à tes lèvres gracieuses, ce n'est pas
le miel savoureux, c'est la divine ambroisie que
pompent à longs traits les amours insatiables.

La brise qui partage en larges rubans les
feuilles que son souffle agite ; la cascade transparente qui jaillit et retombe en éclats argen-
tins, sont moins doux à l'oreille que le son enchanteur de ta voix divine.

Autour de ton sein qui palpite, voltige en
soupirant un essaim de désirs, et, pour peu que
tes yeux ne soient point sur leurs gardes, ils
accourent, arrivent et te couvrent de furtifs
baisers.

Le cygne qui mollement fend le lac immobile,
levant ses blanches ailes et sa tête orgueilleuse ;
la barque qui passe au loin lorsqu'un vent propice enfle sa voile légère, n'ont pas, ô Marilie,
ta grâce ravissante.

Que d'autres invoquent donc l'heureuse liberté! Moi j'aime l'esclavage et je cède glorieusement à l'amour ; j'honore la vertu et j'admire

tes charmes. Ainsi le grand Achille déguisait sa valeur sous des formes trompeuses. Ainsi le vaillant Alcide s'endormait doucement aux pieds de la beauté.

———

LYRE IX.

De quoi te plains-tu, belle Marilie ? Si Dircée t'a dérobé ton cœur, ne lui as-tu pas aussi ravi le sien ? Et n'est-ce pas toi qui, la première, lui as jeté les fers de l'amour ?

Tout aime ; à cette loi universelle la seule Marilie voudrait-elle se soustraire ?

Autour des chastes colombes, n'entends-tu pas roucouler les tendres ramiers ? Et roucoulent-ils en vain, belle Marilie ? Ne se caressent-ils pas de leurs becs amoureux ? Ne se prodiguent-ils pas mutuellement les gages de la plus voluptueuse affection ?

Tout aime ; à cette loi universelle la seule Marilie voudrait-elle se soustraire ?

Vois-tu jamais, chère Marilie, le passereau négliger de bâtir son nid au retour du printemps ? Perché en face de la couche moelleuse où repose sa compagne, ne cherche-t-il pas à l'égayer par ses chants mélodieux?

Tout aime ; à cette loi universelle la seule Marilie voudrait-elle se soustraire?

Qui multiplie les poissons au sein des fleuves et des mers? n'est-ce pas l'amour? L'amour ne subjugue-t-il pas les féroces habitans des déserts, la panthère, le tigre, le lion?

Tout aime ; à cette loi universelle la seule Marilie voudrait-elle se soustraire?

La flèche de l'enfant de Gnide frappe les déesses de l'Olympe. Diane, la chaste Diane elle-même ne brûle-t-elle pas, ne soupire-t-elle pas au nom seul d'Endymion?

Tout aime ; à cette loi universelle la seule Marilie voudrait-elle se soustraire?

Renonce, belle Marilie, renonce à ces plaintes que te dicte un orgueil coupable. Le ciel n'allume-t-il pas la flamme qui consume nos cœurs? Et n'est-ce pas en elle que repose le gage de notre avenir?

Tout aime ; à cette loi universelle la seule Marilie voudrait-elle se soustraire?

LYRE X.

———

S'il existe un cœur qui ne sente point la flamme ardente qu'allume l'Amour,

Ah! qu'il n'habite pas ces montagnes! qu'il s'éloigne! qu'il redoute les traits de ce dieu puissant!

Qu'il fuie! Ici se cache le traître; j'ignore son asile, mais je l'ai vu.

Il a rempli son carquois de flèches nouvelles; il a fait choix d'un arc plus puissant; j'ai trem-blé; vainement la crainte a précipité mes pas.

Infortunés mortels, souffrez que je vous mon-tre à quels signes on le reconnaît.

Il faut que l'univers se tienne en garde contre ce tyran.

Il a les formes légères d'un enfant, mais rien ne résiste à son bras formidable.

Il a jeté la discorde au fond des enfers; il a vaincu la terre; il a vaincu le ciel.

Il est nu; de blonds cheveux forment toute sa parure.

Un bandeau menteur couvre ses yeux dont les atteintes sont cruelles et ne manquent jamais leur but.

Ses joues ont la blancheur de la neige éclatante; un sourire malin erre toujours sur ses lèvres vermeilles;

Mais elles exhalent un poison funeste qui trouble la vue et la raison.

Un grand carquois résonne sur ses épaules délicates,

Et ses flèches aiguës percent également la douce tourterelle et le lion sauvage.

Si une flèche trahit son caprice, il en a une autre toujours prête, et dont la pointe cruelle ne s'émoussa jamais.

Nul mortel ne saurait éviter ses atteintes. C'est toi, Marilie, qui la lui as donnée.

Ah! qu'il ne tente pas les hasards d'une lutte opiniâtre, celui qui désire être vainqueur!

Qu'il s'éloigne et détourne les yeux! Ce n'est que par la fuite qu'on triomphe de l'amour!

———

~~~~~~

LYRE XI.

———

ABANDONNE, muse chérie, abandonne cette lyre sonore qui n'inspire que des chants d'amour. Saisis le clairon belliqueux dont le bruit fait tressaillir la terre, ce clairon qui répétait les accens d'Homère, et sur lequel Virgile célébrait les combats.

Muse, abordons de plus nobles sujets. Ma voix trop long-temps a chanté les amours.

Fils de Vénus, tes yeux étincelans, tes joues couleur de neige, tes cheveux d'or, toutes ces grâces légères qui forment ton cortége, n'exercent plus d'empire sur mon cœur. Les palmes, le laurier, la couronne du chêne antique captivent seuls mes regards; je ne vois que ces glorieuses récompenses de la valeur, que ces admirables attributs de la victoire.

Muse, abordons de plus nobles sujets; ma voix trop long-temps a chanté les amours.

Célébrons le héros qui, dès le berceau, déchire les serpens, qui terrasse les hydres, qui frappe les Cacus, qui étouffe les lions. Célébrons plus encore, célébrons la formidable guerre des Titans et des Typhées, arrachant les montagnes, et, d'un bras insensé, les lançant contre le ciel.

Muse, abordons de plus nobles sujets; ma voix trop long-temps a chanté les amours.

Muse, fais résonner ta lyre; je vais élever la voix. Mais, dieux! sur quel ton sublime tu préludes; Dircée ne peut aller jusque là. Muse, je t'en conjure, modère ton essor; je veux te suivre, je te suis; mais non; en vain je veux célébrer les héros et la guerre; ma bouche ne répète que le nom de Marilie.

Muse, renonçons à de si nobles sujets; ma voix ne peut chanter que les amours.

Ne frappes-tu pas les cordes d'or? Oui, je t'ai entendue; déjà mes accens sont plus doux et plus harmonieux; déjà le divin charme qui t'inspire s'est répandu sur moi. Dircée ne craint pas le chantre merveilleux qui ceignit de murs la ma-

gnifique Thèbes, ni celui qu'on vit affronter les
abîmes de l'enfer.

Muse, renonçons à de si nobles sujets; ma
voix ne peut chanter que les amours.

A peine ai-je prononcé le nom de Marilie,
que les doux oiseaux expriment leur surprise; le
cou tendu, les ailes à demi-déployées, ils s'agitent inquiets, et préludent à de joyeux con-
certs; les arbres dans les airs balancent mollement leurs faîtes majestueux; les fiers aquilons
suspendent leurs ravages; les troupeaux étonnés
s'arrêtent et ne paissent plus. O pouvoir de mes
vers! ô pouvoir du seul nom de Marilie!

Muse, renonçons à de nobles sujets; ma voix
ne peut chanter que les amours.

LYRE XII.

———

Je rencontrai un jour le dieu aveugle ; il était désarmé et sans défiance.

Mon cœur frémit, et la fureur colora mon visage.

« Meurs, tyran, m'écriai-je ; meurs, cruel ennemi ! » et, transporté de colère, je le serrai dans mes bras.

Lui, pour me faire lâcher prise, me serre aussi dans les siens.

Trois fois son corps léger est contraint d'abandonner la terre ; trois fois il la ressaisit d'un pied sûr.

Mais bientôt il chancelle, et le sol retentit du bruit de sa chute.

Je dérobe à son carquois le trait le plus aigu. En vain sa poitrine se recourbe pour éviter mes coups ; elle est cruellement déchirée.

Une froide sueur couvre son corps, il gémit, il tremble, se décolore, agite ses ailes et meurt.

Comme le vaillant Alcide, pour gage de sa victoire, revêtit la superbe dépouille du lion de Némée,

Ainsi, pour prouver mon triomphe, de ma main sanglante je recueille les flèches qu'il a laissées.

Mais, au bruit de la lutte meurtrière, Marilie effrayée précipite ses pas.

Elle voit le dieu cruel entre les bras de l'inexorable mort.

Une indigne poussière souille ses blonds cheveux. Des taches d'un sang vermeil brillent sur sa blanche poitrine.

A cette vue, ma bien-aimée gémit et lève les mains au ciel.

Vivement émue, elle s'approche de l'enfant. Ses pleurs coulent sur sa blessure.

Aussitôt le monstre soupire, s'agite, promène ses regards autour de lui et renaît victorieux.

Marilie ne se sent pas de joie; la douleur lui

avait arraché des larmes ; le plaisir lui en arrache à son tour.

Quelle funeste pensée fut la sienne ? Tant que Marilie respire, l'amour peut-il mourir ?

———

LYRE XIII.

———

Tout s'éteint, tout meurt, belle Marilie;
l'avenir de ce monde est incertain. Le bonheur
succède à l'infortune; après les plaisirs viennent
les douleurs.

Les dieux mêmes ne peuvent se soustraire aux
coups du destin. Apollon a quitté le ciel pour
prendre les formes d'un berger vulgaire.

La main dévorante de la mort s'empare lentement de tous les biens que nous possédons;
nous ne pouvons même braver dans le tombeau
le bras qui nous y tient enchaînés.

Soit que l'humble sépulture des champs ait
recueilli nos dépouilles, soit qu'un mausolée superbe les protége, nos os glacés seront dispersés
par le fer de la charrue.

Ah! puisque le sort inexorable ne tourne pas

vers nous ses regards irrités, faisons, belle Marilie, que nos courtes journées s'écoulent plus
heureuses.

Le cœur qui diffère d'obtenir ce qu'il aime,
se dérobe à lui-même ses plaisirs.

Que le parfum des fleurs environne nos têtes,
et qu'un lit de mousse légère soit le théâtre de
nos jeux. Que nos bras, belle Marilie, se fati-
guent en douces étreintes. Savourons à longs
traits le divin nectar des amours.

Le temps vole sur nos têtes, et sa fuite est sans
retour.

Les années, belle Marilie, affaiblissent nos
sens et chassent nos désirs. Le triste et vieux
bélier ne quitte pas sa couche oisive; le léger
agneau s'élance joyeux, et bondit.

La jeunesse seule est belle; les rides et les
cheveux blancs sont les faveurs du vieil âge.

Qu'attendons-nous, Marilie ? N'avons-nous
pas assez perdu de beaux jours? Le bonheur
qu'on goûte si tard, est-ce encore le bonheur?
Notre étoile enfin ne peut-elle pas changer?

Ah! Marilie, livrons-nous à la douce volupté, tandis que le temps n'est point maître de mes forces, ni des grâces de ton visage.

~~~~~~

LYRE XIV.

—

QUELS dangers, belle Marilie, ne brave pas celui qu'une aveugle passion entraîne!

Une âme forte peut seule se jouer de l'amour.

L'amant de Héro, guidé par une lointaine lumière, de son audacieuse poitrine, fendait la mer.

Que l'Hellespont s'irritât, il n'en poursuivait pas moins son périlleux voyage.

Guidé par un noble courage, le chantre de Thrace descend aux bords du Cocyte;

Il va chercher, les yeux en pleurs, le doux trésor qui lui a été ravi.

Quelle entreprise sans exemple! A peine a-t-il franchi le seuil du Ténare, que déjà son cœur frémit d'épouvante.

Partout de noirs rochers suspendus sur sa tête ; partout des champs brûlés, sans verdure et sans fleurs.

De la base profonde d'une montagne aride s'élance en bouillonnant le funeste Achéron aux ondes ardentes et mortelles.

D'épaisses rides sillonnent le front du nocher inexorable dont la vue enflammée répand la terreur.

Quel bruit de clefs et de verroux! Les portes sont tout de fer, et, dès qu'elles retentissent,

Furieux, de ses trois gueules flamboyantes, le chien noir y répond.

Du fond des abîmes s'élèvent de sourds gémissemens. Que de tourmens l'avare lumière dérobe à la vue!

L'équitable Minos pèse dans sa balance et les crimes et les châtimens.

Celui-ci roule un énorme rocher ; mais à peine la masse arrive-t-elle au sommet de la montagne, qu'elle en descend avec rapidité ;

Et le malheureux recommence toujours son pénible labeur.

Celui-là enchaîné au milieu d'une eau limpide voit sur sa tête de verdoyans rameaux courbés sous le poids des plus beaux fruits.

En vain sa bouche desséchée s'avance-t-elle pour les atteindre; en vain ses bras défaillans s'agitent-ils pour les saisir.

Un autre présente sa poitrine sanglante qu'un vautour cruel ronge éternellement.

La chair qu'il engloutit fumante, renaît sans cesse, et sans cesse le monstre la dévore.

Bravant l'effroi qui règne dans ces ténébreuses demeures, aux doux accords de sa lyre, le chantre harmonieux arrive sur les bords de l'Averne.

La terreur n'enchaîne ni sa langue, ni ses doigts; sa démarche n'est point incertaine; son front ne pâlit pas.

Que ne ferait point aussi Dircée, si jamais Marilie implorait son secours!

De sa poitrine amoureuse il romprait les

flots; il descendrait aux enfers; il monterait aux cieux.

L'amour n'inspire pas plus de courage aux amans de Thrace et d'Abydos qu'à ses autres esclaves.

Tendresse et force, ce dieu distribue tout également.

LYRE XV.

———

Ma belle Marilie tient d'elle-même tous ses trésors. Ils ne sont point formés, cher Alcée, de ce métal qui corrompt les humains.

Les dons qu'elle tient de la prodigue nature sont de blanches dents, de beaux yeux, une figure enchanteresse, des cheveux fins et bouclés, d'autres faveurs enfin plus grandes encore : richesses précieuses sur la terre, précieuses dans le ciel.

Je puis rompre les monts, détourner les torrens, jeter de fortes digues le long des fleuves rapides.

Je puis adoucir le sort en captivant la fortune ; mais qui pourrait gagner une seule des perfections que Marilie possède ? richesses précieuses sur la terre, précieuses dans le ciel.

Que le riche, content de son destin, vive joyeusement au sein de la mollesse! Le vil gardien de troupeaux est peut-être plus heureux.

Que le méprisable avare embrasse, s'il le veut, ses coffres remplis d'or; moi je ne baise pas des trésors aussi vulgaires; je baise les chaînes dorées, les flèches, les armes avec lesquelles l'Amour m'a vaincu : richesses précieuses sur la terre, précieuses dans le ciel.

Apollon aime, ainsi que le cruel dieu de la guerre, ainsi que le souverain maître de l'Olympe. Ce n'est pas une vaine opulence, c'est la beauté seule qui les enflamme.

Auprès de Marilie je suis plus qu'un mortel. Je méprise les biens qui aveuglent les hommes; je suis l'exemple des dieux. J'aime les grandes vertus, j'applaudis aux nobles sentimens, richesses précieuses sur la terre, précieuses dans le ciel.

————

LYRE XVI.

———

Pourquoi te fâcher, belle Marilie? Qui peut troubler la paix de ton cœur?

Mais plutôt, pourquoi ton front ne serait-il pas irrité? Le ciel le plus pur ne se couvre-t-il pas de nuages?

Je sais bien, Marilie, qu'une autre bergère, à toute heure, en tout lieu, suit ton berger.

Une épaisse fumée annonce une flamme dévorante. Ainsi, ma bien-aimée, la jalousie est fille de l'amour.

Regarde dans le cristal de la fontaine l'éclatante blancheur de tes traits, les roses de ta bouche, tous les charmes de ton joli visage.

Avec tant de beauté peux-tu craindre que je brise ma chaîne, que j'oublie mes sermens?

Si Laure se montre dans nos campagnes, des fleurs brillantes ornent sa chevelure, et de riches fourrures relèvent la blancheur de son teint;

Mais les plus beaux atours ne donnent pas la beauté.

J'aime mieux Marilie sortant, dès l'aurore, à peine enveloppée d'une robe légère, et les cheveux flottans sans rubans et sans fleurs.

Ah! combien la nature alors me semble plus belle! et Marilie plus belle encore!

Le ciel est beau quand il lance le disque enflammé du soleil; il est beau quand il revêt sa robe d'azur parsemée d'étoiles.

Marilie est belle quand revient l'aurore, belle quand s'éteint la mourante clarté du jour.

Que t'importe, Marilie, que Laure soit rêveuse et soupire? qu'elle parcoure nos bocages solitaires? qu'elle fasse répéter aux échos ses plaintes amoureuses?

Elle seule souffre de ses tourmens, et mon indifférence s'accroît avec ses douleurs.

Si dans le bois voisin la joyeuse guitare nous convie à la fête, dis vrai, le bon Dircée danse-t-il avec elle?

Et lorsqu'elle le cherche des yeux, ne se lève-t-il pas aussitôt pour venir s'asseoir à tes côtés?

A la ville si tous deux se rencontrent, que Laure soit triste ou enjouée, le cœur de Dircée s'en émeut-il?

S'ils s'arrètent par hasard, et que Laure fixe tendrement ses yeux sur lui, Dircée prudemment n'abaisse-t-il point les siens jusqu'à terre?

Éloigne donc, Marilie, ces jalouses pensées qui t'affligent. Cesse de craindre une beauté qu'un seul de tes charmes fait pâlir.

Et que peux-tu désirer encore? Tu es belle, Dircée t'adore, et Dircée est fier de ses amours.

———

LYRE XVII.

REGARDE ce vénérable vieillard appuyé sur sa béquille chancelante : avec quels efforts il traîne ses membres engourdis ! Lui garde-t-il encore quelque outrage, ce temps rapide qui dévore l'airain ?

Les glaces de l'âge ont éteint le feu de ses regards et sillonné son front de rides. Ses cheveux ont blanchi; sa main, ses dents, sa tête tremblent. Que sont devenus les charmes de sa jeunesse et tous ces dons qui le rendaient si fier ?

Un pareil sort, dans peu d'années, me menace de ses rigueurs; d'un vol égal le temps fuit pour tout le monde. Alors je verrai tomber mes dents et mes cheveux; alors je verrai venir ce cortége de maux dont le trépas seul affranchit la vieillesse.

La mienne s'écoulera moins cruelle et plus douce. Je n'emprunterai pas le secours d'un insensible appui ; mon corps, voûté par les ans, se reposera sur ta blanche main, sur ta main compâtissante.

Après notre modeste repas, dans ces fraîches journées où les sombres nuages ne se fondent pas en torrens, nous foulerons ensemble la prairie émaillée de fleurs. Là, tes yeux me chercheront un site agréable où je puisse m'asseoir un instant et réchauffer mes membres aux doux rayons du soleil.

Alors tournant les yeux vers les campagnes voisines, je te dirai : Vois-tu le coteau fortuné où, pour la première fois, ta vue fit battre mon cœur ? Vois-tu ce bocage enchanteur où j'osai te parler d'amour ?

Ces tendres souvenirs feront couler tes pleurs et les miens, chère Marilie, et je couvrirai de baisers la blanche main qui les essuiera.

Ainsi, mon corps soutiendra doucement les

cruels assauts du temps inexorable. Je mourrai satisfait, en pensant que Marilie, en pleurs, sera là près de moi pour me fermer les yeux.

LYRE XVIII.

Je ne doute pa· ·laucesle, que ton Eulina bien-aimée ne soit une beauté divine.

Je vois l'éclatante blancheur de son teint, le feu de ses regards, ses lèvres purpurines, les douces ondulations de son sein agité, et ses blonds cheveux aux boucles flottantes. Oui, Glauceste, ton Eulina est un trésor.

Elle efface l'éclat du bosquet d'orangers, lorsqu'il se couvre de fleurs et de fruits.

Tu l'aimes, Glauceste, et jamais pour une autre bergère tu ne fatigueras les cordes harmonieuses de ta lyre. Oui, Glauceste, ton Eulina est un trésor.

Elle est belle sans doute ; mais ses charmes trompeurs cachent une âme insensible,

Et, quand je réfléchis à tes vains soupirs, à

tous ces témoignages du plus vif amour, si cruellement rejetés, je m'indigne de tes affronts et je
les partage. Loin de nous, ami, les blanches
joues, les doux regards, les blonds cheveux !
Non, Glauceste, ton Eulina n'est pas un trésor.

L'éclair qui sillonne la nue éblouit et surprend
tes yeux ; mais que la foudre retentisse et s'é-
chappe en éclats embrasés, tu trembles alors et
tu détournes la vue.

Qu'importe que l'ingrate soit belle, si sa
beauté donne la mort ! Évite ton déshonneur,
évite ta ruine. Non, Glauceste, ton Eulina n'est
pas un trésor.

La nature a réservé pour Marilie ses faveurs
les plus belles. Elle a des traits divins et des
mains aussi blanches que la neige.

Si la joie se peint sur mon front, Marilie devient joyeuse ; si je chante, elle chante avec moi ;
et à peine voit-elle une larme briller sur ma paupière, qu'elle l'essuie avec les tresses de ses blonds
cheveux. Oui, Glauceste, Marilie est un trésor.

LYRE XIX.

Tandis que nos agneaux paissent tranquilles, asseyons-nous, belle Marilie, à l'ombre de ce cèdre élevé, et réfléchissons à cette admirable harmonie que la Providence entretient dans tout ce qui respire.

Regarde avec quel soin cette génisse noire veille sur le fruit de ses amours. Comme elle le caresse tendrement, pendant qu'il puise la vie à sa blanche mamelle! Vois encore, ô ma douce amie, avec quelle patience cette bonne levrette souffre que son nourrisson l'attaque d'une dent ingrate et s'élance sur sa croupe en folâtrant.

Vois avec quel amour cette fauvette réchauffe de ses ailes sa nombreuse famille; comme cet autre oiseau, pour nourrir ses petits, gratte opiniâtrement le sol le plus dur; comme il se courrouce et se jette sans crainte sur le visage de l'imprudent qui les approche.

De quel bonheur ne jouira pas l'épouse amante, lorsque son sein d'albâtre allaitera l'espoir de ses vieux jours, et qu'elle se réfléchira tout entière dans cette vivante image! lorsqu'elle se dira : Il a tous les traits d'un père chéri, voilà bien son air, ses yeux, sa bouche.

Quel plaisir pour la mère, qui mollement le bercera, qui de sa douce main caressera sa gracieuse figure! et combien, belle Marilie, elle sera payée de tous ses soins lorsque l'enfant, par un muet sourire, lui témoignera qu'il l'a reconnue!

Qui me peindra la joie d'un tendre père à l'aspect de ses fils se suspendant au cou d'une mère adorée, s'exerçant à la lutte. ou montés sur des béliers indociles, caracolant à travers la campagne! De combien de fleurs l'amour ne couvre-t-il pas les chaines de la vie?

~~~~~~

LYRE XX.

Au milieu d'une touffe de rosiers, un joli bouton s'épanouissait; Marilie l'aperçoit, et ses doigts de neige le détachent de sa tige.

Une abeille se cachait sous les feuilles. Elle a senti la main de Marilie. Furieuse, elle s'en venge par une piqûre.

Marilie effrayée jette un cri et retire son doigt blessé. L'Amour, qui caressait les nymphes du bocage, l'entend et accourt.

Je souffre, lui dit Marilie, vois le mal que m'a fait ce cruel insecte. L'Amour sourit, baisa le doigt malade et répondit:

Tu pleures pour une piqûre, et ton cœur est insensible aux tourmens de celui que tes yeux font mourir.

LYRE XXI.

Depuis que mes yeux ont rencontré les tiens, je ne sais, Marilie, ce que j'éprouve. Tout ce qui n'est pas toi m'importune et me fatigue.

Autrefois je me mêlais aux jeux des bergers les plus simples. Aujourd'hui j'évite ceux même que chérissent tes plus belles compagnes.

Explique-moi ce que j'éprouve : ne serait-ce pas de l'amour?

Je sors de ma chaumière sans savoir où je porte mes pas. Toujours, cependant, ils me conduisent près de ta demeure, toujours ils s'arrêtent à son aspect.

Mes yeux ne quittent pas la fenêtre où, vers le soir, belle Marilie, tu ne manques jamais de te montrer, et si par hasard un berger, en passant, te salue, la colère aussitôt se peint sur mes traits.

Explique-moi ce que j'éprouve : ne serait-ce pas de l'amour ?

Près de toi rien ne m'inquiète, rien ne m'af-flige, et je laisse s'écouler l'heure de mener le troupeau à la fontaine.

Loin de toi un seul instant me semble un jour, et jamais, belle Marilie, jamais je ne revois ta divine figure que je n'y découvre quelque beauté nouvelle.

Explique-moi ce que j'éprouve : ne serait-ce pas de l'amour ?

Un trouble inconnu altère sans cesse ma rai-son ; plus d'une fois je tourmente le sillon que mes bras ont déjà creusé.

Je jette la semence sur un terrain qui n'est pas préparé pour la recevoir, et je couvre avec soin celui qui l'a vainement attendue. Quelqu'un me parle-t-il, ou je ne lui réponds pas, ou les mots que je lui adresse n'ont aucun sens.

Explique-moi ce que j'éprouve : ne serait-ce pas de l'amour ?

Au milieu de la nuit, lorsque l'oiseau funèbre épouvante les airs de ses cris prophétiques, ton image, Marilie, se présente soudain à mes yeux. Un mal inconnu me tourmente, et mon cœur est livré à de cruelles angoisses.

Si je dors, l'essaim des songes funestes m'enveloppe et me presse. Je vois un lion féroce t'arracher sanglante de mes bras impuissans. Mon sang s'arrête dans mes veines, je tremble, je gémis, et la douleur m'arrache au sommeil.

Explique-moi ce que j'éprouve : ne serait-ce pas de l'amour ?

———

LYRE XXII.

Loin de moi, belle Marilie, loin de moi toute autre beauté que la tienne! Qu'un char traîné par six coursiers, un char aux roues vermeilles la dérobe à mes yeux et fasse trembler la terre!

Que la pourpre et l'azur décorent à l'envi sa superbe demeure! que le modeste lin fasse place à la soie! Que des lustres étincellans se balancent suspendus à ses lambris dorés!

Ces grandeurs, Marilie, ne seront pas ton partage. Tu n'auras ni superbe palais, ni char rapide; mais un poëte est ton esclave, et sa lyre t'a consacré ses accords.

Le temps inexorable insulte chaque jour à la beauté, et, sous la main tyrannique de la pâle mort, s'écroulent à la fois la chaumière du pauvre et le palais des Césars.

Que de beautés, Marilie, que de charmes dont la mémoire s'est évanouie! La lyre du poète, le burin de l'histoire ont seuls le pouvoir de donner l'immortalité.

Les vers du Tasse et de Pétrarque ont porté jusqu'à nous les noms qu'ils célébraient. Sans les sublimes accens de ces chantres divins, Clorinde et Laure seraient oubliées.

Il vaut mieux, belle Marilie, vivre à jamais daus le souvenir de tous les hommes éclairés, que de posséder de superbes portiques, des chars éclatans et toutes ces vaines richesses que le temps dévore.

~~~~~~

LYRE XXIII.

———

P**AR** un beau jour de printemps, couché sous un berceau de fleurs, Dircée peignait ses feux à sa jeune maîtresse.

Chante, chante, lui dit-elle d'un ton plein de douceur.

Il saisit sa lyre, et, sans préluder, il élève la voix et commence.

De ses mains savantes s'échappe une divine harmonie; et le ciel est jaloux de ses accens.

Marilie riait lorsque, par caprice, elle lui ordonnait de chanter; maintenant, immobile, elle n'ose en croire ses sens enivrés.

Mais une voix mystérieuse, la voix de l'Amour, laisse tomber ces mots :

Tu ris de ton amant, et tu provoques sa lyre
novice aux doux jeux d'Apollon.

Ignores-tu que, lorsque le cœur d'un poète
est mon empire, de l'asile secret qui me cache,
j'anime sa voix et je conduis sa main ?

Voilà tout le mystère, belle Marilie. Dircée
n'a pas d'autre maître que moi, et aucun autre
nom que le tien n'inspire ses accens.

———

LYRE XXIV.

LA Providence, belle Marilie, a peuplé d'in-
nombrables animaux de toute espèce, et l'air, et
la terre, et les fleuves sinueux, et les mers profondes. Tous, pour se défendre, ont reçu de cette
sage mère les armes qui leur convenaient le
mieux.

Au léger passereau elle a donné les ailes rapides, des nageoires au poisson écailleux : elle
a donné le venin au serpent, les défenses au
farouche sanglier, l'énorme trompe à l'éléphant
colossal. De sanglantes griffes protégent le lion;
le cerf devance les zéphyrs à la course, et, de
sa tête menaçante, le taureau provoque un rival.

L'homme a reçu en partage la parole, cette
arme plus puissante que toutes les autres; il a
reçu ces doigts légers qui façonnent le bois et le
fer, arrondissent les cables vigoureux, et forgent

ces roues légères qui, entraînées par de rapides
coursiers, fendent l'air et sillonnent le terrain
qu'elles parcourent.

La femme obtint des armes plus certaines encore; à l'intelligence, à l'adresse elle unit la
beauté, cette beauté qui seule défie le ciel, qui
seule peut faire succéder à la glace le feu le plus
ardent, à l'enthousiasme la plus froide indifférence.

N'est-ce pas la beauté qui fit tomber des mains
de Coriolan le fer dont il menaçait sa patrie, et
qui, sous les traits d'Hélène, poussa la Grèce
entière aux rives du Xanthe épouvanté? Qui
arracha le sceptre aux mains des tyrans de Rome?
N'est-ce pas une beauté? N'est-ce pas Lucrèce?

Si un soupir de la beauté suffit pour désarmer
le bras d'Achille; si sa colère éteint le feu de la
discorde embrasant deux peuples alliés, la beauté
n'est-elle pas l'arbitre du monde, et ne peux-tu
pas, Marilie, dicter à l'univers et la paix et la
guerre?

LYRE XXV.

L'amour s'entretenait avec ses génies des moyens qui lui restaient à mettre en œuvre pour captiver Dircée.

On discuta long-temps. Un des génies les plus rusés ouvrit enfin cet avis :

Les flèches les plus aiguës s'émoussent contre sa poitrine comme sur le plus dur rocher ; elles la frappent et tombent en éclats.

Les grâces de Marilie peuvent seules triompher de son cœur insensible.

Pour bien exécuter notre dessein, sachons lui dresser un piége dans lequel il ne reconnaisse pas le bras de l'Amour.

Qu'il vive comme ces oiseaux dont les plumes sont restées à la glu du chasseur.

Ce conseil apaise le dieu irrité ; il ordonne à la troupe de le suivre.

Tous brûlent de se distinguer. Le léger escadron bat des ailes et court aux armes.

Les uns se cachent dans les beaux yeux de la déesse, d'autres s'enlacent dans les boucles de ses cheveux, quelques-uns se suspendent à ses joues de rose.

Un petit Amour fatigué tombe de ses lèvres dans son sein et se tapit entre ces globes de neige arrondis par la main des Graces.

Un autre plus rusé invente un nouveau stratagème ; il prend la figure d'un enfant divin.

Il cache ses ailes, son bandeau, ses flèches et tout ce qui peut le trahir.

A l'aspect de ce gentil enfant, si gracieux, si enjoué, Marilie se dirige du côté où il folâtre seul.

L'Amour feint d'avoir peur et la déesse brûle de le saisir.

Elle le poursuit et l'appelle ; il fuit et pleure :

Ils arrivent dans le bocage où le berger reposait sans défiance.

Aux pleurs de l'Amour, aux cris de la beauté, aisément il devine la malice du traître.

Ses mains compriment ses oreilles; il ferme les yeux; insensible, il ne veut ni entendre sa voix, ni apercevoir sa figure enchanteresse.

Tel Ulysse, pour échapper aux sirènes, fit jadis résonner le bruyant tympanon.

A cette vue, l'Amour sent qu'il doit renoncer à son dessein; la fureur agite ses membres, et son corps se dél.. sur le sol retentissant.

Il grince des dents, il se déchire le visage, il s'arrache les cheveux.

Le génie, caché dans le sein de la bergère, lève la tête et ne désespère de rien.

Il quitte sa retraite, et légèrement s'élance dans le sein de Dircée.

Son cœur glacé en a tressailli. Il est consumé de tous les feux de l'enfant.

Le berger soupire, ouvre les yeux et laisse tomber les mains qui comprimaient ses oreilles.

Dès que le léger escadron voit le pauvre berger fixer les yeux sur le gentil visage de l'Amour et écouter ses douces paroles,

Il saisit tout à coup ses armes et les dirige vers son cœur palpitant.

Un des archers aëriens sort des rangs, et, d'une main légère, avec les tresses de la déesse emprisonne le berger.

Dircée ne résiste plus, il bénit son destin et baise avec transport la chaîne qui l'environne.

~~~~~~

LYRE XXVI.

———

Tu ne verras pas, chère Marilie, cent captifs arracher aux entrailles de la terre ou au lit profond des fleuves l'épais gravier qui cache l'or aux cupides humains. [1]

Tu ne verras pas l'habile nègre séparer la grosse arène du pesant émeri, et les grains d'or briller au fond du vase que ses mains agitent.

Tu ne verras pas les bois vierges tomber sous la hache, la flamme dévorer les jeunes taillis, la fertile cendre servir d'aliment à la terre, et la semence se confier au sol qu'elle doit enrichir.

1. Ces quatre premières stances font allusion aux travaux des colonies : l'exploitation des mines et des fleuves qui roulent des parcelles d'or; le système d'agriculture suivi dans les contrées encore sauvages; la préparation du tabac et la fabrication du sucre.

Tu ne me verras pas rouler en noirs paquets les feuilles sèches du tabac odorant ; tu ne verras pas le doux suc du roseau des Indes couler entre les roues dentelées.

Tu verras sur une immense table des monceaux d'arides procédures ; tu me verras feuilleter d'énormes volumes et juger de graves contestations.

Ton aimable présence adoucira l'ennui de ces travaux. Tu me réciteras les plus beaux vers de nos poètes ; tu me rediras les plus sages leçons de l'histoire.

Quand tes yeux tomberont sur un brillant passage, tu me le reliras à haute voix, et, charmé de te voir lui donner les louanges qu'il mérite, je poursuivrai mon pénible labeur avec plus de courage.

Si, dans tes lectures, il s'offre à toi une beauté, objet de tendres éloges, n'envie pas sa destinée, chère Marilie. N'as-tu pas un poète qui rendra tes grâces immortelles ?

~~~~~~

LYRE XXVII.

L'amour voulut un jour extraire les couleurs des jasmins, des lis et des roses.

Puis, de son trait le plus léger, nuançant ces diverses teintes, il peignit aux coins de son carquois l'image de quatre déesses.

Au centre restait un espace; il l'entoura de cette inscription : *à qui doit-il appartenir?*

Vénus, voyant l'ingénieux ouvrage de son fils, écrivit : *Je le cède à Marilie.*

~~~~~~

LYRE XXVIII.

———

ALEXANDRE, tel qu'un fleuve débordé, à la tête de ses formidables cohortes, assiége, enlève, brûle les citadelles les mieux défendues.

Dans les armes il n'eut point d'égal. La mort vint le frapper à la fleur de sa jeunesse, et déjà l'univers obéissait à ses lois.

Mais ce vaillant guerrier, dont le nom renversait tous les obstacles, ne fut qu'un brigand heureux, un voleur intrépide,

Et si l'obscurité n'a pas dévoré sa mémoire, c'est qu'il fonda son insolente fortune sur la seule injustice.

César, dont l'univers a adopté la gloire, César rompt la foi jurée à sa patrie, s'arme contre elle, l'enchaîne et lui donne des maîtres.

Son crime réussit; c'est un héros. Si le succès

avait trahi son audace, il n'eût été qu'un vil
traitre, un proscrit.

Le désespoir des peuples et la ruine des empires ne font pas les héros, chère Marilie. Les
tyrans cruels aiment aussi la guerre et versent le
sang.

La véritable grandeur, c'est la justice ; le plus
obscur citoyen, s'il est vertueux, marche l'égal
des rois.

Cette grandeur, belle Marilie, je l'ai conquise
en suivant le chemin de la vertu. Un glaive n'a
pas brillé dans mes mains ensanglantées ; je n'ai
pas précipité un souverain de son trône.

L'empire que je possède est dans ton cœur,
dans tes bras, et ce trône vaut mieux que tous
ceux de la terre.

Les noires inquiétudes, les remords vengeurs
poursuivent sans relâche le conquérant farouche.
En vain sa garde fidèle veille du haut des murs
de son palais ; pour lui point de sommeil, point
de repos durable.

Et combien de héros, victimes des coups du

sort, l'histoire ne nous montre-t-elle pas expiant dans l'opprobre une gloire mal acquise !

Pour moi, Marilie, je vis heureux dans les bras de la volupté. Quand je veille, mes yeux contemplent tes formes enchanteresses;

Si je m'endors, un songe propice vient encore m'en retracer l'image. Que je veille, que je dorme, tous mes vœux sont comblés.

LYRE XXIX.

———

Tes yeux, belle Marilie, ont rendu fortunées les sombres rives où tu naquis; abandonne aujourd'hui ces campagnes heureuses, va défier les mers irritées, va remplir de joie les terres étrangères; mes Lares chéris te réclament sans cesse.

Tu ne cours pas comme Sapho à la poursuite d'un ingrat qui méprise tes feux. Tu suis un amant qui t'adore et qui mourrait de te perdre. Viens donc, quitte le foyer paternel. Au sud tu fus mon guide; au nord tu seras mon étoile.

Tu verras le dieu des mers aplanir de son trident les ondes inégales, et l'Océan, à sa voix, demeurer comme endormi. Tu verras se mouvoir le savant gouvernail, et la brise légère enfler les voiles éclatantes. Tu verras les dauphins suivre en se jouant la route que trace la nef pavoisée.

Tu verras le lion qui décore la proue se balancer mollement, et avec un doux murmure, convertir en blanche écume les noires ondes qu'il divise et chasse devant lui. De la fenêtre dorée tu verras la trace lointaine que forme la vague transparente; foulée par la poupe qui l'abandonne, elle jaillit en larges tourbillons.

Tu verras le poisson stupide suspendu par sa gueule sanglante, tordre, de son corps immense, l'hameçon recourbé; un essaim de petits poissons fendre les airs comme des oiseaux, et la plaine liquide couverte au loin de thons argentés, qui tantôt surnagent, tantôt disparaissent, imitant dans leurs jeux le balancement des ondes tourmentées par le vent.

Tu verras s'avancer le monstre formidable dont les robustes narines lancent des gerbes d'eau; tu verras enfin, Marilie, des nuages d'or, d'argent, d'azur et de rose se grouper sur l'horizon et former mille bizarres figures.

A peine arriverons-nous à l'embouchure du
Tage limpide, que de ses ondes il caressera les
flancs du navire, et moi, glorieux, je lui dirai :
Ce ne sont pas des pierres précieuses, ni des
monceaux d'or que je t'apporte. J'ai ravi à ces
heureux climats un plus beau trésor, et je le
dépose sur tes rives.

~~~~~~

LYRE XXX.

——

Il avait jeté son carquois et ses armes, et parmi les fleurs il se jouait.

Vaincu par la fatigue, bientôt il s'endormit.

Marilie connaissait le dieu malin. Cachée par le feuillage, depuis long-temps, elle le guettait.

A peine voit-elle qu'il dort, qu'elle s'avance avec joie; sans troubler son sommeil, elle lui dérobe ses armes et s'enfuit.

A l'aspect de l'Amour dépouillé de ses armes, les Faunes s'élancent de leurs grottes et font retentir l'air de leurs cris d'allégresse.

Il s'éveille, devine le sujet de leurs rires moqueurs, et n'y répond que par ces mots :

Vous redoutiez ces flèches dans mes mains.
Bientôt vous verrez ce qu'elles peuvent dans les
siennes.

LYRE XXXI.

L'amour s'offre à mes yeux, et, en souriant, il m'invite à accepter son joug. Il veut que je livre aux plaisirs le reste de mes jours.

« Le tendre Anacréon, dit l'enfant rusé, aux bords de la tombe chantait les amours, et les amours le rendaient joyeux.

« Un faible cœur ne résiste pas aux noirs chagrins quand il est privé de l'appui de l'Amour. Le père des dieux lui-même reconnaît sa puissance, et plus encore celle de Bacchus. »

Je lui réponds : « Parjure, je ne prête pas l'oreille à tes discours. Trop long-temps je fus ton esclave, mon cœur porte encore les cicatrices de tes coups.

« Des maux qui affligent le monde, les plus

cruels viennent de toi. Tu as brûlé Troie et
Carthage ; tu as perdu le malheureux Antoine. »

L'enfant de Gnide, courroucé de mes dédains,
m'appelle hardiment au combat, cœur contre
cœur, bras contre bras.

Aux armes, m'écriai-je! et soudain je ceignis
ma cuirasse, je me couvris d'un casque brillant,
je saisis ma lance et mon large bouclier.

Mais à peine suis-je entré dans la lice, que
Marilie s'offre à mes yeux. Ciel! ses regards se
fixent sur moi; mon cœur palpite, ma main
tremble.

Insensé, me dit mon jeune adversaire, con-
fesse ton erreur. Contre les traits de la beauté,
à quoi sert la plus formidable armure?

LYRE XXXII.

Aux bords d'une fontaine s'assit la mère d'A-
mour; elle reposa sa tête dans sa main, ferma
les yeux et s'endormit.

Le dieu, qui l'aperçut de loin, accourut
joyeux, et, la prenant pour Marilie, lui ravit
un baiser.

Vénus s'éveille irritée; Amour voit sa méprise, et implore en ces mots le pardon de son
audace :

« Excuse, mère charmante, excuse une erreur
bien naturelle. Les traits de Marilie ne sont-ils
pas les tiens? »

LYRE XXXIII.

Si tu es belle, Marilie, c'est une faveur de la nature; mais si ton nom, survivant à tes charmes, devient immortel, tu ne le dois qu'à l'amour dont la flamme embrase le cœur de ton berger.

En vain l'éclat des perles les plus précieuses, le doux reflet des plus brillantes fleurs se réunissent pour embellir ton visage; en vain tes yeux étincellent d'un feu divin; en vain les plus beaux cheveux flottent sur tes épaules d'albâtre. A quoi t'auraient un jour servi toutes ces grâces légères sans les vers de Dircée?

Le Temps qui s'envole, du vent de son aile flétrit l'éclat de la beauté. Celle qui sagement

3.

gouverna l'Égypte, subjugua le cœur d'Antoine;
mais Octave ne sentit pas le poids de ses fers.

Accours, Marilie, et Dircée chantera les
louanges de l'Amour. Protégés par ce dieu, mes
vers et ta beauté braveront le temps et la mort.

Mais hélas! Marilie, un amant a beau chanter, ses vers ne donnent pas la beauté. On nous
peint l'Amour enfant et aveugle. Aux heures
fortunées du plaisir, il n'aperçoit pas les défauts
et double les attraits.

Aucun poète, selon toi, a-t-il nourri dans son
cœur une passion vulgaire? Toutes celles que tu
vois chantées furent-elles dotées de perfection?
L'amour, je le sais, embellit leur existence;
mais la beauté fut-elle leur partage? Peut-être
que non.

Qu'importe, belle Marilie, que les chants de
ton Dircée ne suffisent pas pour te rendre immortelle? N'as-tu pas un chantre céleste? Mon
Glauceste ne te consacre-t-il pas ses accens, et,

grâces à lui, ton nom ne doit-il pas aller aux confins de la terre, aux profondeurs du ciel ?

Quand, sur l'aile des vents, ton nom montera au séjour des dieux, un rayon de bonté brillera sur le front du maitre de l'Olympe, la jalousie tourmentera son orgueilleuse épouse, et l'Amour détournant la téte, se moquera de tous les deux.

Ah ! que jamais la noire ingratitude ne souille la pureté de ton cœur ! Baise les vers, gentille bergère, adore la plume, respecte la main, la main discrète qui t'assurent l'immortalité.

~~~~~~

LYRE XXXIV.

La nuit régnait sur la terre, et moi, d'un doigt rapide, je parcourais ces feuilles légères auxquelles je confiai mes premières émotions.

Je relisais tous ces vers que, dans l'âge des illusions, je composais pour mes diverses amours.

A mes yeux s'offrent de justes plaintes contre la destinée, de fougueuses déclarations reçues avec indifférence, de tendres promesses indignement violées.

Dieux ! m'écriai-je avec transport, que de temps perdu! que d'esprit mal employé !

Rassemblant en un faisceau toutes ces feuilles éparses, je me dispose à les jeter au feu pour qu'il n'en reste plus vestige.

Soudain paraît l'enfant de Gnide; il a deviné mon projet; la fureur se peint dans ses yeux, et de sa bouche s'échappent ces reproches :

« Tu veux brûler ces vers? Oublies-tu, berger imprudent, qu'ils te furent inspirés par moi?

« Comment as-tu pu croire que le souvenir de pareilles amours dût être anéanti? En ensevelissant de semblables trophées, ne me dérobes-tu pas ma gloire? »

Il dit, je le caresse et lui réponds :

« Amour, puisque tu m'as donné Marilie, puis-je conserver des lyres que ses beaux yeux n'ont point inspirées?

« Et pourquoi ne pas détruire ces feuilles légères? La main qui les déchire n'est-elle pas à toi? La flamme qui les consume ne t'appartient-elle pas? »

L'Amour m'écoute à peine; il ordonne que mes vers servent d'aliment à mon foyer, et, du battement de ses ailes enfantines, il excite le feu qui les dévore.

LYRE XXXV.

Sur les yeux des mortels fatigués, Morphée
répandait ses pavots. Les songes menteurs volti-
geaient autour de moi; ils m'offraient la fidèle
image des biens que, durant le jour, mon cœur
appelait de tous ses vœux.

Portant ma belle dans mes bras, je m'élance
sur un immense vaisseau; la roue du gouvernail
s'agite; elle a senti l'étreinte du cable vigoureux;
j'ai dirigé la proue vers la sortie du port, et les
voiles, au bruit du sifflet, se sont déployées.

Les épaisses forêts ne se dessinent plus au loin;
au loin ne blanchit plus l'immensité du rivage;
déjà s'évanouit la cîme altière des montagnes;
déjà la vaste solitude de l'horizon ne présente
plus à l'œil que des vapeurs incertaines.... que
la mer et le ciel.

L'onde semble précipiter son cours, et le vaisseau se fixer au milieu de l'Océan comme un rocher immobile. Le flot orgueilleux se dresse, s'avance, se brise sur le flanc du navire ; la masse, ébranlée par le choc, se repose sur l'un de ses côtés, tandis que, de l'autre, le flot s'échappe par une pente rapide.

Je vois s'ébattre dans les eaux un essaim de poissons dorés. De la nef flottante s'échappe un appât trompeur, et la dorade reste suspendue au perfide hameçon. En proie aux angoisses de la mort, de sa queue, de ses nageoires elle frappe la poupe retentissante.

Un char orné de brillans coquillages rase la plaine liquide. Trainé par des dauphins, il porte la belle Thétis. La déesse a les yeux fixés sur ma douce amie.

Sur la croupe des dauphins, j'aperçois de robustes tritons remplissant l'air du son rauque de leurs conques recourbées. A ce sauvage concert, succède le chant mélodieux des sirènes, qui vient mollement caresser mon oreille attentive.

Le léger matelot atteint la cime du grand mât.
Un point noir a frappé ses regards. Le cri : terre !
terre ! s'est échappé de ses lèvres. Les passagers
joyeux se pressent sur le pont ; quelques-uns le
croient dupe d'une erreur. A l'immobilité seule
du corps vers lequel tous les yeux se dirigent,
je reconnais que ce n'est point un nuage, mais
le front altier des montagnes.

Déjà s'élèvent dans les cieux les hautes tours
de Mafra ; déjà mon cœur palpite d'allégresse,
à la vue de la barque de Casquaes cinglant vers
notre vaisseau. Elle offre de nous conduire au
mouillage ; et l'habile pilote n'est pas encore sur
le tillac, qu'à sa voix on a déployé la mizaine.

Je franchis la barre spacieuse. Les foudres de
guerre ont retenti. J'ai salué Paço d'Arcos et
la Junqueira. Un léger cable enchaine la proue,
et le vaisseau jette l'ancre devant la superbe
Lisbonne.

Maintenant, maintenant j'espère renouer mes
anciennes amitiés. J'aperçois mon vieux père
trainant vers moi ses pas incertains. Comme la

joie brille sur tous ses traits ! Du plus loin qu'il me voit, il accourt les bras ouverts.

Je me jette à ses pieds ; il me relève, me serre contre son cœur. Marilie, que le respect précipite également à ses genoux, se sent tout à coup pressée dans ses bras ; il lui donne le nom de fille chérie ; il couvre de baisers sa figure céleste.

Mais hélas ! au moment de toucher la terre, je m'éveille, j'ouvre les yeux ; le vaisseau, les eaux limpides du Tage, Marilie, tout a disparu, et vainement je cherche ma bien-aimée : Ah ! quand viendra l'heure fortunée où le vif désir qui me consume, ne sera plus un vain songe !

———

~~~~~~

LYRE XXXVI.

———

Saisis, Glauceste, ta lyre sonore, et, frappant ses cordes divines, fais retentir aux oreilles de nos rustiques bergers les louanges de Marilie, de Marilie mes amours.

Chante, chante sa beauté, et que tes vers soient dignes d'elle.

Quel concours! cher Glauceste, quel concours fortuné! Seul tu peux chanter Marilie; seuls les brillans accords peuvent célébrer ses charmes enchanteurs.

Chante, chante sa beauté, et que tes vers soient dignes d'elle.

Pour peindre avec bonheur les attraits de Marilie, vois quels soins a pris la nature! Elle a créé la rose, et le lis, et la neige éblouissante.

Chante, chante sa beauté, et que tes vers soient dignes d'elle.

Chante les longues tresses de ses noirs cheveux et cet essaim d'Amours qui folâtrent dans leurs boucles ondoyantes.

Chante, chante sa beauté, et que tes vers soient dignes d'elle.

Pour peindre ses lèvres gracieuses, emprunte à l'œillet ses couleurs, au grenat son éclat vermeil. Pour peindre ses beaux yeux, regarde l'étoile du matin.

Chante, chante sa beauté, et que tes vers soient dignes d'elle.

Tu as retracé tous les charmes de son visage adoré; mais, Glauceste, ne pense pas que ton entreprise soit achevée; peins encore la douce modestie de son regard, la grâce touchante de son sourire.

Chante, chante sa beauté, et que tes vers soient dignes d'elle.

Peins sa figure enchanteresse, peins sa démarche élégante, lorsque, parcourant la prairie, elle foule de ses pieds délicats les tendres Amours et les fleurs, les fleurs qui, sous ses pas, renaissent plus brillantes et plus fraîches.

Chante, chante sa beauté, et que tes vers soient dignes d'elle.

Montre-nous encore, cher Glauceste, un tendre amant qui baise ses chaînes dorées, et qui, livré sans cesse aux amoureuses plaintes, apprend chaque jour au mont, à la vallée, le nom chéri qu'il porte en son cœur.

Chante, chante sa beauté, et que tes vers soient dignes d'elle.

Et garde-toi de suspendre tes chants harmonieux en voyant que ma bouche soupire et que mon visage s'inonde de larmes. Que les autres pleurent d'envie, tandis que Dircée pleure de joie.

Chante, chante sa beauté, et que tes vers soient dignes d'elle.

LYRE XXXVII.

Un jour il m'invite à voir son temple. Mon cœur tressaille d'allégresse, et je conçois la plus haute opinion de ce dieu puissant.

J'aperçois de tendres amans, la pâleur sur le front, gémissant dans les chaînes; j'aperçois sur des bûchers ardens des entrailles palpitantes.

« Tout ce qui frappe tes yeux, dit l'Amour, ne doit point effrayer celui qui aime. Pour conquérir le laurier de la victoire, ne faut-il pas affronter les périls de la guerre?

« Ne t'arrête pas en ces lieux. Franchis le vestibule des douleurs, et viens voir la salle immense où j'ai placé mon trône ».

Devant moi s'ouvre un second temple encore

plus vaste que le premier. Dieux! quelle perspective imposante! Le désir et la parole expirent à la vue de tant de magnificence.

Le superbe frontispice est de marbre et de jaspe. Les lambris intérieurs sont revêtus de l'or le plus pur, et dans ce riche trésor, le travail encore surpasse la matière.

La soie aux brillantes couleurs n'orne point les fenêtres étincellantes. Les draperies ont cédé la place aux guirlandes de fleurs.

Autour du temple, brûlent dans des vases d'or les plus rares parfums de l'Orient. Ils se répandent de toutes parts, et forment sur nos têtes un nuage embaumé.

Au pied du trône, de voluptueux Génies entonnent des hymnes d'allégresse ; les Graces dansent en chœur, et, conduites par le plaisir, les heures ne courent plus..... elles volent.

Partout on ne rencontre que rois et bergers pressant dans leurs bras l'objet de leurs amours, et ceignant leur front des roses les plus fraîches.

Au sein de tant de merveilles, je cherchais à rassembler mes idées, quand l'enfant malin me dit avec un sourire : « Eh bien ! Dircée, ne distingues-tu pas le plus bel ornement de mon temple ?

« Rappelle-toi les amours du maître des dieux et des hommes. Vois le taureau sensible, le cygne enchanteur, et la pluie d'or qui séduisit Danaé.

« Reconnais cette lyre d'or que le divin berger chérit encore, et ce filet dans lequel Mars se trouva pris.

« Vois-tu cet arc garni d'un ivoire éblouissant ? A la chaste déesse il appartint jadis, et elle le perdit un soir qu'elle dormait auprès de son tendre berger.

« Avec cette lyre, Orphée arracha aux enfers sa bien-aimée. Ce fanal guida le nageur d'Abydos.

« Ces deux glaives encore sanglants furent plongés dans le sein de Thisbé, dans le sein de

Didon. Ils brillèrent à la main de Pyrame, à la main d'Énée.

« Qui monte cette nef dont la proue fend les ondes écumantes? C'est Thésée. Cette pomme d'or appartint à Cydippe. Celles que tu vois plus loin, Atalante les posséda.

« Ces divines images, fruits des pinceaux les plus habiles, te retracent les héroïnes à qui j'ai dû mes plus beaux triomphes.

« Regarde ces traits charmans; c'est Hélène. Au loin se déploie l'armée des Grecs; plus loin encore on distingue la funeste scène de l'embrasement de Troie.

« Vois-tu cette autre beauté? C'est Déidamie. A ses côtés Achille, sous des habits de femme, prélude à la gloire par l'amour.

« Près d'elle se montre Cléopâtre. Tandis qu'Antoine jette ses filets, Auguste irrité le menace du haut de sa nef formidable.

« Hermia frappe tes regards; tu aperçois le

plus aimable des poètes proscrit comme un vil criminel pour avoir chanté ses amours.

Ici c'est Omphale, et à ses pieds (qui le croirait?) le grand Alcide filant au milieu des femmes de cette princesse.

Tourne maintenant les yeux de ce côté. Reconnais-tu cette belle? « Où vas-tu, lui répondis-je; achève d'abord de me dire le nom de toutes celles que j'ai sous les yeux. »

Je lève la tête, je contemple l'image que m'indique le dieu. «Que d'attraits! que de grâces! » A peine ce cri m'est-il échappé, que je reconnais mon amie.

De douces larmes s'échappent de mes paupières; mon cœur brûlant palpite..... L'enfant malin me regarde à la dérobée et sourit.

Un instant s'écoule; il vient à moi, et me frappant sur l'épaule, il m'arrache à ma stupeur et me dit :

« Un dieu qui sait ainsi récompenser les travaux d'un mortel, n'est pas, comme on le pense, un dieu farouche et tyrannique.

4

« Parmi les trésors que l'aveugle destin a répandus dans les mers, sur la terre, dans le ciel, en est-il un plus précieux ?

« Des joues de rose, de blanches dents, de beaux yeux, des lèvres vermeilles, un sein de neige, de longs cheveux d'ébène,

« Tous ces charmes ne sont-ils pas préférables au vain désir de poser, d'un bras teint de sang, une fragile couronne sur sa tête, de posséder des monceaux d'or, de commander à l'univers tremblant ?

« Apprends, Dircée, apprends à ce mortel que l'ambition dévore, et à ce cœur qu'un tendre amour subjugue, qu'à l'un je réserve tous les tourmens de l'enfer; à l'autre toutes les jouissances de l'Olympe.»

Le fils de Vénus me convie à porter plus loin mes regards; mais moi, fondant en larmes, je lui baise la main et lui dis : « Dieu chéri, dispense-moi de te suivre; que puis-je voir encore; mes vœux ne sont-ils pas comblés? »

FIN DU PREMIER LIVRE.

MARILIE

~~~~~~~~~~~~~~~~~~~~~~~~~~~~~~~~~~~

LIVRE SECOND

LYRE I.

—

De poëtiques lauriers n'environnent plus ma tête, et le dieu du Pinde ne m'inspire plus des chants harmonieux. Hélas! il ne me reste pas même une lyre brisée, une lyre à laquelle mes doigts puissent demander de nouveaux accords.

Cependant, Marilie, l'amour veut encore que je te chante. J'obéis. Que l'art et la passion remplacent tout ce que m'a ravi le sort injuste!

L'épaisse fumée de la lampe qui m'éclaire, noircit les murs humides de mon cachot. Qu'elle

me serve à tracer ces brûlans caractères, inalté-
rable expression de mon délire amoureux!

Je veux que la tige de ce fruit doré, si cher
à ma patrie, remplace entre mes doigts le stylet
du poète.

Elles s'écoulent, les heures précieuses. Dois-je
les perdre? Non. Je peindrai mon amour sous
des formes nouvelles; mon cœur m'inspire et
ma passion m'approuve.

T'aimer au sein du bonheur et de la liberté,
c'est remplir une tâche facile; t'aimer aux jours
d'amertume et de douleur, c'est t'offrir le gage
d'un amour éternel.

Au fond de ce cruel séjour, je vois encore,
Marilie, les grâces de ton charmant visage. Je
vois tes dents d'ivoire, tes cheveux d'ébène,
tes yeux enchanteurs.

Je vois, Marilie, je vois encore cet essaim
d'Amours qui, suspendus à ta bouche jolie, exhalent des soupirs enflammés.

Dans mon cœur ces tendres amours ont gravé
ton image, et leur pinceau n'est pas infidèle.

Cette image existe depuis le jour où, pour la
première fois, mes yeux ont rencontré les tiens.
Elle est faite avec tant d'art, que la mort seule
pourra l'effacer.

J'écrivais encore; mais, ô ciel! qui frappe
mes regards? c'est le dieu des vers; il baise mes
pages brûlantes; « elles valent, me dit-il, plus
que des lettres d'or. »

LYRE II.

Je ne compte plus parmi les humains, belle Marilie, mais je n'en accuse pas la parque impie qui sans cesse agite ses fuseaux. Ce n'est point l'horrible mort qui, de son fer sanglant, ouvrit dans ma poitrine la veine palpitante.

Je respire, Marilie, je respire encore ; mais le mal que j'endure est si cruel, si tyrannique, que déjà la mort peut me regarder comme une proie certaine. L'insolente calomnie a levé contre moi sa tête hideuse ; elle a vibré contre mon sein son dard homicide.

Le funèbre appareil du supplice ne frappe pas encore mes regards ; je ne vois pas encore l'infâme bourreau étendre vers moi son bras armé du glaive. Je vis, ô sort funeste ! la lu-

mière d'une étroite lucarne me dit quand le jour
commence , quand le jour finit.

Des yeux tristes et mourans, un visage dé-
charné, une barbe longue , hérissée, blanchie
par le chagrin, des cheveux épars , voilà ton
Dircée, Marilie; voilà le criminel de lèse-ma-
jesté.

Qu'il vienne, le jugement des hommes! qu'il
vienne! Mon innocence est mon appui. Ils ne
mourront pas, ces citoyens vertueux , la gloire
et l'orgueil du monde. Mon âme ne craint pas
les tortures. L'échafaud sert de trône au sage
qui n'a pas enfreint les lois sacrées.

Pour toi, Marilie, si, outrageant ta douleur,
on osait, en ta présence, insulter à mon nom et
l'accuser d'un crime que je n'ai pas commis,
réponds avec confiance : « Une âme digne d'un
trône ne prend point les armes contre un sceptre
juste. »

LYRE III.

Que la vile calomnie exprime entre ses mains noires et décharnées le suc empoisonné des plantes meurtrières et le venin des plus affreux reptiles.

Que la foudre tombe en éclats redoublés! Sur mon front, Marilie, tu ne verras point la terreur, la terreur criminelle qu'inspire le forfait.

Elles sont puissantes, je le sais, elles sont puissantes les furies infernales qu'agite le noir Pluton; mais le seul doigt du maître de l'Olympe est plus puissant encore.

Ce dieu changea Narcisse en cette fleur brillante qui porte aujourd'hui son nom. D'autres

mortels furent par lui métamorphosés en astres
que nous apercevons encore dans la voûte céleste.

Il peut me délivrer des stupides clameurs d'un
peuple ingrat ; il peut me convertir en fleur, me
transformer en astre.

Mais si, pour des raisons que je ne puis pénétrer, les justes cieux ne me secourent pas dans
mes cruelles angoisses, alors tu verras, Marilie,
que le sage, après avoir supporté courageusement le fardeau de la vie, ne redoute pas l'instant de la mort.

Mon cœur est plus grand que le monde, et
toi seule, Marilie, toi seule, tu le sais, le pos-
sèdes en entier.

~~~~~~

LYRE IV.

———

Le jour, Marilie, succède à la nuit obscure, et la saison pluvieuse et froide à l'été sec et brûlant.

Tout change dans le monde. Ma destinée seule ne changerait-elle pas?

Les arbres, au printemps, se couvrent de fleurs verdoyantes. Dans les âpres hivers, ils se dépouillent de leurs feuilles jaunies.

Tout change dans le monde. Ma destinée seule ne changerait-elle pas?

L'hôte des bois tombe dans les filets du chasseur; mais enfin il rompt les mailles qui l'enchaînent et fuit d'un pied rapide.

Tout change dans le monde. Ma destinée seule ne changerait-elle pas?

L'homme sourit-il sans cesse? Les plaisirs ne succèdent-ils pas aux douleurs, et les douleurs, à leur tour, ne succèdent-elles pas aux plaisirs?

Tout change dans le monde. Ma destinée seule ne changerait-elle pas?

Pour détrôner les dieux, les superbes géans entassèrent montagne sur montagne. Depuis ce temps, le ciel et la terre s'unissent pour adorer les dieux.

Tout change dans le monde. Ma destinée seule ne changerait-elle pas?

Les rigueurs du sort s'adouciront enfin; j'en ai pour garans, et la justice de ma cause, et l'innocence de mon cœur.

Tout change dans le monde. Ma destinée seule ne changerait-elle pas?

Le temps, Marilie, le temps qui détruit les arbres, les rochers et le bronze, déchirera le voile dont la vile trahison enveloppe la vérité.

Tout change dans le monde. Ma destinée seule ne changerait-elle pas?

Le monde apprendra qui je suis. Il me rendra plus que je ne possédais : je te reverrai, Marilie, toujours belle, toujours constante. Quelle douce consolation pour mon âme affligée!

Si tout change dans le monde, ma destinée aussi changera.

LYRE V.

———

Déja blanchissent mes blonds cheveux, belle Marilie ; ils tombent, et bientôt il ne m'en restera plus.

Mes joues perdent leur vive couleur ; mon visage maigrit et se couvre de rides ; l'éclat de mes yeux s'éteint ; tout change autour de moi.

Si je veux me lever, mon corps s'affaisse et se voûte, mes forces se consument ; j'essaie de parcourir mon étroite demeure, mes pieds me pèsent et se traînent difficilement.

Si, quelque jour, Marilie, tu me vois dans ce lugubre état, apprends que ce n'est pas la main du temps qui m'y a précipité ; les peines, les douleurs font les mêmes ravages.

Le plaisir de te revoir, ô Marilie, me rendra bientôt les charmes de la jeunesse; bientôt la pâleur de mon front disparaîtra, mes joues ne seront plus creuses, mon teint reprendra son éclat.

Dans le brûlant été, les fleurs se dessèchent; mais, au retour du printemps, saison des fêtes et des jeux, à peine tombe du ciel la fraîche rosée, que les fleurs renaissent plus belles.

La maladie abat celui qui souffre; mais à peine a-t-elle perdu sa funeste influence, que le malheureux qui dépérissait, recouvre une nouvelle vie.

Au sein de la disgrâce qui m'accable, je ressemble, Marilie, à ce malade, à cette fleur, et tu es pour moi ou la santé, ou le printemps.

Si tes regards doux et tendres donnent la lumière aux astres et la vie aux fleurs, quel effet ne doivent-ils pas produire sur un cœur qui se consume lentement pour toi?

~~~~~~

LYRE VI.

———

La brise légère ride à peine la surface immobile de l'Océan. Aucune vapeur ne trouble l'azur de la voûte céleste. Qu'est-il besoin d'un habile nautonnier? Seul ne puis-je pas conduire la nef vagabonde? seul ne puis-je pas diriger le sage gouvernail?

Mais hélas! Marilie, de gros nuages s'amoncèlent sur l'horizon, la mer s'enfle, la voile se déchire, le mât se brise. Quel mortel ne frémirait pas dans ce moment terrible? Je n'ai ni la force, ni l'art nécessaires pour résister à la tempête. Accours, sage pilote, accours, et d'une main vigoureuse saisis la barre du gouvernail.

Cette nef vagabonde est l'image de la vie hu-

maine, continuel mélange de bonheur et d'infortune. Le mortel heureux doit seulement ne
pas se laisser éblouir par l'éclat trompeur qui
l'environne ; mais quelle prudence ne faut-il pas
à celui qui, du faîte de la prospérité, se voit
plongé dans les angoisses de la misère ?

D'épais nuages m'ont caché l'éclat du jour. De
tous côtés la foudre tombe autour de moi, et
mon âme, ébranlée par tant de secousses, cherche un appui. Ah ! ne tarde pas, ma bien-aimée,
ne tarde pas de venir à mon secours ; dirige la
nef tourmentée par les flots, *amure* la voile, et
que, grâces à tes soins, un port tranquille dérobe ma tête à l'orage.

« Dircée ! Dircée ! me dit le sage Amour, ac-
coutume-toi à la souffrance, ou c'en est fait de
toi : tu expires et la mort rompt ces nœuds
chéris qui embellissaient ton existence. » —
Non, non, Marilie, plus de secours ; bénis-
sons l'heureux martyre qui me fait conquérir la
gloire de tes embrassemens.

~~~~~~

LYRE VII.

———

Je vais, Marilie, m'étendre sur la couche étroite et dure dont je ne suis pas même le misérable possesseur. Sur moi Morphée étend ses ailes, et les songes légers m'environnent.

Ils occupent ma pensée de mille objets divers; ils ne m'offrent point l'aspect sanglant de l'échafaud; toutes leurs images sont douces à mon cœur.

Tantôt pour toi je brode un voile précieux; un enfant ailé, aveugle et blond, enchaîne à l'aiguille légère les fils d'or et de soie.

Tantôt j'entre dans la vaste église; je t'aperçois; nous unissons nos mains; le vif incarnat de la pudeur colore tes blanches joues.

4.

Un char rapide, un char doré nous reconduit à notre demeure; mille tendres Amours effeuillent sur notre couche les fleurs les plus odoriférantes.

Il me semble que tous deux nous allons quitter ces campagnes. Je vois nos amis inquiets, affligés, essuyant leurs yeux baignés de larmes.

Nous voguons sur la mer de Bahia, de Bahia où s'écoulèrent mes jeunes années. Je découvre les verts palmiers et la cité superbe qui se partage en deux villes.

La légère chaloupe s'avance; nous touchons au rivage: mon bras guide tes pas incertains; la foule nous environne; tous les yeux sont fixés sur toi.

Ici, alerte! crie le maudit soldat. Alerte! répond une voix lointaine. Je m'éveille au bruit... Je rêvais.

Si mon amour pour toi n'était pas mon seul

crime, si j'étais coupable de celui dont on m'accuse, si je méritais la mort, ce n'est pas toi, Marilie, qui m'apparaîtrais dans tous mes songes.

———

~~~~~~~~~~~~~~~~~~~~~~~~~~~~~~~~~~~~~~

LYRE VIII.

———

De quoi te plains-tu, mon cœur? De ce que la fortune veut te ravir les biens qu'elle t'a donnés? Voilà la fortune.

Elle a conduit les Catons à la mort; elle a voulu que leurs restes fussent privés de sépulture : voilà la fortune.

D'autres qui méritaient leur obscure origine, ont été par ses mains insolemment portés à la souveraine puissance : voilà la fortune.

Elle répand indifféremment les biens et les maux sur les mortels, sans s'inquiéter si la justice préside à ses faveurs : voilà la fortune.

Jamais la terre ne la voit fléchir devant les

lois de l'équité; et les dieux eux-mêmes sont forcés d'accepter son inconstance : voilà la fortune.

La mère des Amours s'élance vers l'Olympe sur un char radieux, et de la sphère céleste où il reçut le jour, Vulcain se voit précipité : voilà la fortune.

Mais il n'est pas en son pouvoir de me ravir la vertu et l'honneur. Ces biens sont à moi ; j'abandonne le reste à ses caprices : voilà la fortune.

LYRE IX.

——

Mon cher Glauceste, si tu penses que la vertu conserve encore un asyle dans le cœur d'un criminel, si tu me juges encore digne de ton amitié, viens à mon secours ; mes yeux se ferment à la lumière.

Je ne demande pas que, monté sur le fougueux Pégase, tu frappes, de ta lance redoutable, le monstre infâme qui m'a plongé dans les fers : je ne porte pas mes vœux si loin. Laisse respirer la perfide calomnie ! qu'elle forge sans cesse les instrumens de ma douleur !

Saisis la lyre d'or, parcours ses cordes harmonieuses. Que ta voix céleste soit entendue de ma bien-aimée ! Qu'elle répande la joie dans les lieux qu'embellit sa présence! Ne souffre pas que le chagrin flétrisse son cœur, et que des pleurs amers sillonnent son gracieux visage.

Je sais, Glauceste, je sais qu'il exista jadis un chantre divin dont la lyre apprivoisait les animaux féroces et rassemblait autour de lui les arbres et les rochers. La sage antiquité nous a transmis le nom d'un autre poète qui, par ses admirables accords, éleva les murs d'une grande cité.

Orphée anime la lyre; les sons mélodieux qui s'en échappent, adoucissent le farouche Pluton, qui le laisse pénétrer dans le séjour des ombres. Tu ne le cèdes à personne, Glauceste, dans l'art de marier ses accords au charme de la voix. Tu peux renouveler les prodiges d'Orphée, et plus encore peut-être.

Élève donc la voix! Qui t'arrête? Tes chants ne doivent pas dompter les monstres féroces : il suffit qu'ils versent une tendre consolation dans une âme accablée de douleur. Ainsi tu adouciras ma lente agonie; car Dircée ne peut quitter cette vie, cher Glauceste, tant que vivra la belle Marilie.

———

LYRE X.

Je vois, ô ma belle, cette déesse qu'on nomme la Fortune; elle me prend par la main et m'engage à doubler le pas. Nous entrons dans un temple immense. C'est là que le destin renferme les biens et les maux qu'il lui ordonne de verser sur la terre.

Que de prodiges s'offrent à mes yeux! Ici c'est l'obscure fondation de Rome, là l'effroyable incendie de Carthage. Je vois cette altière république soumettre les nations et s'écrouler, à son tour, sous les coups de son heureuse rivale. Là fleurit l'empire des Assyriens, ici s'élèvent les Mèdes, jusqu'à ce qu'un bras nouveau les écrase.

« Prétends-tu, me dit la déesse, examiner

maintenant tous ces tableaux? Ce serait folie, et
une longue chaîne d'années ne te suffirait pas.
Laisse tous ces événemens qui te sont étrangers;
suis-moi, et tu verras ce qui doit t'arriver encore. »

Elle me conduisit vers les lambris où était
gravée mon histoire, qu'elle m'expliqua avec em-
barras et défiance. « Ta vie, me dit-elle, est
écrite en caractères d'or; d'immenses richesses
te sont réservées. — Déesse, lui répondis-je,
une âme comme la mienne n'ambitionne pas de
vils trésors. La pauvreté est ma compagne. »

A ces mots, la fureur se peignit dans ses regards, et elle garda un moment le silence. « Réjouis-toi, poursuivit-elle enfin, réjouis-toi, je
veux te rendre aux honneurs. — Fortune,
lui répondis-je avec un sourire dédaigneux et
calme, il y a long-temps que je te connais; je
puis mourir dans l'abaissement. »

« Eh bien! reprit-elle, je te rends ta Marilie.»
Voyant alors des pleurs de joie couler de mes
yeux : « Je pensais, ajouta-t-elle, que cette offre

ne séduirait pas encore ton cœur. — Elle seule était capable de l'émouvoir, lui répondis-je, mais ce trésor est sacré. Ce n'est que de la main des dieux que je puis le recevoir. »

Elle voulait parler encore. Impatient, je l'interromps : « Laisse-moi, Fortune, laisse-moi ; emploie autre part tes loisirs. Pourquoi chercherais-je à porter plus loin ma vue? » — Et répétant le nom de Marilie, je soupirai et je sortis du temple.

~~~~~~

LYRE XI.

———

Voici l'heure où naguère je cherchais mes amours ; les autres bergers enviaient mon sort.

En entr'ouvrant sa porte, elle frottait encore ses beaux yeux. Pas de fleurs, pas de rubans à sa noire chevelure.

Sans art, sans apprêt, elle était plus brillante que l'étoile du matin, plus fraîche que la rose qui vient d'éclore.

A peine je la voyais, qu'un air plus léger se répandait autour de moi, et mon cœur respirait plus librement.

Quand le troupeau sortait du bercail, je couvrais de caresses la brebis qu'elle aimait le plus.

Je conduisais cette brebis favorite au ruisseau,
à la fontaine, à la prairie, au bocage. Je lui
donnais l'eau la plus claire, le gazon le plus
épais.

Puis folâtrant avec elle, enlaçant mes bras à
son cou plus blanc que la neige, je lui prodiguais
mille tendres noms.

Et Marilie me voyant ainsi parler seul, souriait à la dérobée.

La flamme dévorante s'augmentait chaque
jour dans mon cœur et dans celui de ma bergère
chérie.

Que de fois assis auprès d'elle je façonnais la
quenouille légère que je lui destinais !

J'étais comme l'amoureux passereau qui
chante près du nid de son amante.

Dans les chaleurs de l'été, m'entretenant avec
elle, je frappais négligemment les cordes de ma
guitare.

Marilie s'avançait vers moi; j'entendais le son de sa voix divine. Joyeux alors je chantais:

« Non, il n'est pas de bergère aussi tendre que Marilie, il n'est pas d'étoile aussi heureuse que la mienne.

« Lorsque je m'incline sur son cœur brûlant d'amour, je ne porte pas envie à la couche divine où repose le maître de l'Olympe.

« Dans son âme sont toutes les vertus; sur son visage toutes les grâces. »

Ainsi coulaient mes jours. Les tristes soupirs ont maintenant remplacé les chants de bonheur et d'ivresse. Tout passe, Marilie!

———

LYRE XII.

Quoique je n'habite pas les profondeurs de l'Averne, mon tendre cœur, chère Marilie, n'en supporte pas moins tous les cruels châtimens que Rhadamante inflige aux coupables humains.

Les furies ne grincent pas autour de moi leurs dents effroyables, et, de leurs mains décharnées, ne me lancent point des serpens furieux ; mais d'autres monstres plus terribles m'environnent, et mille soucis me déchirent sans cesse de leurs plus cruels aiguillons.

Je ne consume pas ma vie à précipiter le rocher du sommet de la montagne, ni à faire mouvoir sur son axe la roue rapide; mais un plus cruel tourment m'est réservé; la pensée active, infatigable, m'agite, me bouleverse, se plie et se replie dans mon âme.

Me déchirant la poitrine avec ses serres cruelles, un vautour affamé n'engloutit pas mes entrailles fumantes; mais un autre monstre me fait éprouver sa cruauté, et mon cœur qui respire à peine, se sent dévoré par le vautour des regrets.

Je ne vois pas des fruits vermeils, des eaux limpides se retirer quand j'en approche mes lèvres desséchées; mais, Marilie, mon cruel destin s'oppose à ce que je parvienne à toi, tout en voyant dans mon âme ton image gravée en caractères ineffaçables.

Je gémis au fond des enfers, belle Marilie, et, en un seul point mon sort est moins funeste que celui des esclaves du sombre royaume. Ceux que le Styx enchaîne dans ses noirs replis ne reverront jamais la lumière; je volerai bientôt dans tes bras.

———

LYRE XIII.

Le vieux baril s'enflamme, le goudron pé-
tille au sein de l'immense cité. Le crédule mortel fête la veille de la Saint-Jean ; il entre dans
cette nuit bruyante toute consacrée à la divination et aux sortiléges. [1]

1. La nuit qui précède la Saint-Jean était naguère consacrée dans le Brésil à la divination et aux sortiléges. On cueil-
lait un artichaut, on en brûlait quelques feuilles, on l'exposait à la rosée de la nuit, et l'on s'attendait à le voir le
lendemain couvert de feuilles nouvelles. On vidait un œuf
dans un verre d'eau qu'on exposait également au serein, et
le lendemain on croyait y apercevoir un palais, des tours,
un navire, etc. Enfin, caché derrière une porte, on attendait, la bouche pleine d'eau, qu'un nom vînt frapper votre
oreille, pour connaître la belle que le sort vous destinait.
Tout cela se pratique encore, mais uniquement par folie,
par délassement, et non par crédulité et par superstition

5

Dircée, au fond de son cachot, ne possède
pas une de ces plantes aux cent feuilles qu'il
puisse embraser et exposer ensuite à la rosée
céleste, pour voir si l'aurore prochaine la lui
rendra couverte de feuilles fraîchement écloses.

Il ne possède pas un œuf pour le vider dans
une coupe d'eau limpide et y apercevoir, le lendemain, aux premiers feux du jour, un magni-
fique palais, des tours altières, un navire à la
voile.

Mais, je ne me trompe pas, il me reste une
expérience que la barbarie des geoliers n'a pu
m'interdire. J'emplirai d'eau ma bouche, et,
derrière une porte, attentif, je resterai jusqu'à
ce qu'un nom frappe mon oreille.

Ce nom sera celui de ma bien-aimée. Que ce
soit une superstition puérile, que risque-t-on à
l'essayer?

Immobile, je me tiens à mon poste; quel nom
ai-je entendu? C'est celui de Philène. Je rejette
cette eau fallacieuse; je ne sais comment je n'expire pas de douleur.

« Eh bien ! me dit l'Amour riant aux éclats, que penses-tu de ma ruse ingénieuse ? N'as-tu pas été la dupe de mon stratagème ?

« Depuis long-temps je te répète que Marilie est à toi pour toujours; mais tu ajoutes si peu de foi à mes oracles, que tu leur préfères les conseils d'une vieille femme en démence. »

« — Amour, lui répondis-je humblement, excuse ma défiance. Les superstitions les plus absurdes, dès qu'elles présagent des maux, affligent et tourmentent le mortel qui gémit sous les coups du destin. »

LYRE XIV.

Quelle doit être ta douleur, ô Marilie, Marilie infortunée! Tes yeux ne peuvent voir tes campagnes heureuses; ils ne peuvent se reposer sur ton village chéri sans que l'aspect de farouches tyrans ne vienne obscurcir tes rêveuses pensées.

Tes prières en vain monteront vers les dieux; les dieux resteront sourds à tes prières.

Lorsque dans la prairie tu mèneras ton troupeau, tu diras : « Ici Dircée menait le sien. » Tu verras les sites heureux où Dircée, plein d'amour, couvrait des plus doux baisers la main blanche de Marilie.

Tes prières en vain monteront vers les dieux; les dieux resteront sourds à tes prières.

Lorsque, rêveuse, abandonnée, tu paraîtras

à ta fenêtre solitaire, tu verras, ô Marilie, tu verras, sans le vouloir, ma triste demeure; et tu t'écrieras : « Là, Dircée m'attendait pour me conduire avec lui; là, Dircée éprouva les tourmens d'une injuste persécution. »

Tes prières en vain monteront vers les dieux; les dieux resteront sourds à tes prières.

Quand tu verras aussi la maison du cher Glauceste, où se réunissait le petit nombre des amis de notre choix, tes yeux en pleurs parcourront la riante terrasse, et avec douleur tu te diras : « Ils y sont tous encore; seul mon Dircée n'y est pas. »

Tes prières en vain monteront vers les dieux, les dieux resteront sourds à tes prières.

Lorsque tristement passera dans le village mon compagnon fidèle, sans que tu me voies avec lui, tu diras, Marilie : « Le sort n'a pas été cruel pour mes seules amours; du même coup il a rompu l'amitié la plus tendre. »

Tes prières en vain monteront vers les dieux; les dieux resteront sourds à tes prières.

Je ne découvre pas, du fond de mon cachot, ces images funestes à celui qui aime; mais si elles n'affligent pas mes yeux mouillés de pleurs, elles n'en sont pas moins présentes à mon cœur déchiré.

Mes prières en vain montent vers les dieux; les dieux restent sourds à mes prières.

LYRE XV.

———

VOIS-TU, Marilie, ce bélier couronné de fleurs
marcher gaîment au sacrifice? Le peuple se
presse sous les voûtes du temple, l'autel fume,
le grand prêtre frappe la victime, elle pousse
un cri plaintif..... Elle expire.

Vois maintenant cette génisse qui, traînée
par un lien vigoureux, repousse la terre et obs-
tinément refuse d'avancer. Elle ignore qu'on
l'arrache d'une terre ingrate pour la conduire
dans un meilleur pâturage.

Ces animaux ne savent pas le sort que nous
leur réservons; l'un va forcément à la vie, l'autre marche gaîment à la mort. Nous partageons
leur démence, belle Marilie. Nous ne connais-

sons pas le but secret vers lequel nous dirige la sage main de la Providence.

Les fils de Jacob résolurent d'abord de tuer leur frère ; ils changèrent ensuite d'avis, et ils le vendirent comme esclave. Joseph ne courbe point son front sous les ordres d'un maître impérieux ; mais, par degrés, il parvient à gouverner presque en roi l'opulente Égypte.

Qui sait, ô ma belle, si ce n'est pas pour me garantir de maux plus cruels, que le destin me plonge dans cet affreux cachot? Un beau jour ne peut-il luire encore? Mais s'il tarde à venir, je n'en adorerai pas moins le ciel, je n'en baiserai pas moins la main divine qui me conduit au bonheur par des routes inconnues.

~~~~~~

LYRE XVI.

Amr digne de mille aïeux illustres, tu souffres, tu t'indignes en voyant tomber les justes. Tu honores les saintes lois de l'humanité, et dans son temple un jour la candide amitié gravera ton nom en lettres d'or.

Il n'a point l'âme d'un héros, celui qui voit d'un œil sec la mort frapper son égal. Il n'a point le cœur d'un héros, celui qui met sa gloire à soumettre par le fer et par le feu les légions et les villes.

Combien j'admire ce généreux capitaine qui verse des larmes en voyant la tête de Pompée! Qu'il est grand à mes yeux, cet autre guerrier qui court à la rencontre des fils de Darius, et qui les reçoit dans ses bras quand il pouvait les traiter en esclaves!

Si parmi les héros le pieux Énée occupe une place immortelle, ce n'est pas pour avoir fondé une illustre ville, mais pour avoir, sauvé de l'incendie un père vénérable qu'enchaînait la froide main de la vieillesse.

Ah! si je voyais mon ennemi dans les flammes, mon bras généreux, ô Glauceste, l'arracherait à la mort. Je ferais plus encore, et si le sort trahissait mon courage, je t'imiterais, ami, je verserais des pleurs.

Ah! combien sont durables les chaines d'une amitié comme la nôtre! Si cette union précieuse a résisté à l'épreuve de l'infortune, c'est que nos deux âmes étaient dignes l'une de l'autre.

Si tu juges que je mérite encore ton attachement, mon âme, ma chère Marilie est près de toi. Essuie ses tendres larmes, ami; et, si tu ne peux adoucir ses douleurs, pleure avec elle.

LYRE XVII.

———

Sɪ de tendres gémissemens viennent frapper ton oreille, écoute, Marilie, écoute : ce sont ceux de Dircée.

Ah ! donne-leur un asyle dans ton sein, Marilie, et conserve-les étroitement unis aux tiens.

Le vent jaloux de les entendre les demande à l'Amour, qui s'en empare et va les déposer près de toi. Ah ! ne les dédaigne pas, Marilie, parce que le ciel conspire ma perte et qu'il veut me ravir le nom d'honorable berger.

Mes soupirs ont une double cause ; je n'ai plus de troupeau ; j'ai perdu plus encore, j'ai perdu le bonheur de te voir.

Si le crime dont on m'accuse ne te permet pas de les recevoir comme amante ; daigne du moins les accueillir par pitié.

Un temps viendra où la vérité se découvrira ; un temps viendra où Marilie me rendra tout son amour.

Le crime seul déshonore : l'infamie n'atteint pas l'innocent chargé de chaînes.

Lorsque ce jour sera venu, Marilie, nous unirons nos bras, et confondant nos pleurs et notre amour, nous rendrons grâces au ciel.

On gravera sur mon tombeau cette honorable inscription : « Son seul crime fut de céder à l'amour. »

LYRE XVIII.

Je n'étais pas, Marilie, un pâtre mercenaire; j'étais un berger honoré dans ton village. De fines toisons formaient mes vêtemens; rien ne manquait à ma chaumière. Ils m'ont ravi mes biens et mon troupeau. Il ne me reste pas même une houlette sur laquelle je puisse m'appuyer.

C'était pour toi que je voulais avoir un riche troupeau. Tes grâces, ta beauté valaient mieux pour moi qu'un trône superbe. Maintenant que puis-je t'offrir? mon seul amour.

Si la vue du fleuve débordé, détruisant l'espoir de ma moisson, me rendait triste et chagrin, à ton premier sourire je redevenais joyeux. Maintenant j'ai tout perdu, tout jusqu'à la douce consolation de contempler tes traits divins.

La tête mollement appuyée sur tes genoux, je
voyais autrefois s'écouler rapidement les longues
heures des brûlantes journées. Je gravais tes
louanges sur l'écorce des arbres, j'ornais tes cheveux des fleurs sauvages. Le juste ciel a jugé qu'il
ne convenait pas que ma gloire s'élevât si haut.

Ah! Marilie, que ma fortune change, que je
recouvre les biens que j'ai perdus, et par ces
blanches mains, par cette figure gracieuse, je
jure de recommencer une vie nouvelle, de dis-
siper le nuage qui obscurcit ma vue, de n'adorer
au ciel que les dieux, et sur la terre que Marilie.

Mon honneur servira de gage pour les brebis
qu'on me vendra, et que je paierai plus tard
avec le gain de mon labeur. Dans peu de temps
nous nous verrons maîtres d'un beau troupeau.
Je ne craindrai pas pour lui les ravages de la
contagion funeste. Une seule de tes caresses,
Marilie, un seul de tes regards suffira pour l'en
préserver.

Si nous n'avons pas de fines toisons et des
peaux délicates, nous aurons la dépouille gros-

sière des béliers, et les tissus de la laine la moins recherchée. Mais au moins, Marilie, tes vêtemens seront faits par la main de l'Amour, par la main de Dircée.

Dans les fraîches matinées nous irons, avec le bâton enduit de glu, chasser aux passereaux. Dans les chaleurs du jour, nous irons à la pêche avec le panier et le roseau flexible. Nous aurons tous les plaisirs des mortels sages et pieux.

Le soir, entourés des enfans que le ciel nous donnera, nous prendrons place au foyer rustique.

Aux histoires fabuleuses que tu leur conteras, tu ajouteras la mienne qui est véritable. Tremblans ils t'écouteront, et moi je mouillerai mon visage de larmes.

Quand nous traverserons le village, les autres bergers se diront en nous regardant : « Voilà nos modèles d'infortune et d'amour. » Ainsi, nous vivrons heureux jusqu'à ce que la mort étende sur l'un de nous son bras impitoyable.

LYRE XIX.

Mes blanches brebis errent dispersées sur le
mont et dans la plaine. Tel est le sort du malheureux troupeau qui vient de perdre son berger ; mais moi je souffre plus encore.

Je sais que les jeunes pâtres qui les menaient
dans la prairie, soupirent et versent des pleurs
depuis qu'ils ont perdu celui qui les chérissait
comme un père ; mais moi je souffre plus encore.

Je sais aussi que, depuis ma captivité, la
charrue et la herse ont déserté mes terres : je
sais que la main du laboureur leur manque ; mais
moi je souffre plus encore.

Cependant lorsque je pense que tu es seule
dans ce village, de mille soins, de mille peines

agitée, alors je ne suis plus le maître de mes transports. Non, je ne souffre plus.

O comble de l'infortune! la vie me pèse; j'appelle la mort; je maudis mon étoile; j'accuse les dieux et l'amour. Non, je ne souffre plus.

Les dieux cependant pardonnent à mon délire; ils ont pitié de moi. Ils connaissent eux-mêmes les cruels égaremens de l'amour. Non, je ne souffre plus.

LYRE XX.

DIRCÉE est las de souffrir, Marilie ; Dircée
t'abandonne. Une sueur froide baigne déjà sa
figure décolorée, déjà le sang ne circule plus
dans ses veines, déjà son cœur ne bat plus. Sa
vue s'obscurcit, ses yeux versent des pleurs
amers. Il cède à sa lente agonie , il soupire , il
meurt.

Son âme arrive aux lieux où réside la justice
éternelle. Aux cris effrayans du chien noir, s'ou-
vrent les énormes portes de fer. Elle apparaît
devant les arbitres des destinées humaines, et,
d'une voix affligée, elle raconte ses malheurs. Rha-
damanthe semble ému d'étonnement et de pitié.

Sisyphe interdit s'arrête et ne roule plus son
rocher. Tantale oublie les tourmens que lui font

éprouver la faim et la soif cruelles. Le vautour
féroce laisse en repos son bec recourbé et sa
serre impie ; la parque affreuse abandonne ses
fuseaux inactifs ; les furies elles-mêmes, les furies vengeresses laissent tomber de leurs mains
les serpens étonnés.

Déjà les juges ont prononcé leur arrêt. Pluton
lui ordonne d'abandonner les sombres bords où
seules doivent errer les âmes criminelles. Elle
quitte le noir empire ; le souvenir de ses peines,
celui de son bonheur, tout s'efface de sa mémoire ; tout, excepté le nom de Marilie.

Elle entre dans l'Élysée, campagnes heureuses
qu'arrosent des fleuves limpides, que couvrent
des berceaux de fleurs. Elle écoute le chant sonore des oiseaux, elle boit les eaux plus suaves
que le miel, plus douces que le lait. « Ici, dit-
elle, j'attends Marilie, ici je vivrai toujours heureuse avec elle.

« Ici..... » Mais où m'entraîne l'active douleur?
Trompeuse illusion de mon âme ! Le ciel veut
que je vive encore. Je dois goûter tes doux em-

brassemens, Marilie ; je dois, pour prix de tous mes maux, mourir doucement sur ton sein. Alors je passerai aux fortunés royaumes, et là j'attendrai ma bien-aimée.

———

LYRE XXI.

JAMAIS, ô Marilie, je ne mouille mon cachot de pleurs sans que le tendre Amour n'accoure aussitôt et ne s'empresse de les essuyer. Il les étend sur ses ailes, soupire et me quitte pour te les apporter.

Si ce dieu est sincère, Marilie, il ne garde pas pour lui nos soupirs et nos plaintes doulou-reuses. Dans son sein il recueille nos larmes, il est vrai; mais déployant ses ailes légères, il vole les déposer dans les cieux.

La belle déesse qui protégeait les Troyens, voulant les délivrer des périls dont ils étaient environnés, alla trouver le maître de l'Olympe. Les pleurs de la déesse touchèrent son cœur pa-ternel : les Troyens furent sauvés.

Confie-toi, ô ma belle, confie-toi à ce dieu protecteur. Il sait encore s'adoucir, et s'émouvoir aux angoisses de l'Amour. Les larmes de Vénus qui touchèrent son cœur, ne sont pas plus puissantes que les tiennes.

———

LYRE XXII.

———

Dans ce triste cachot, profonde sépulture d'un corps à moitié vivant, j'adore, ô Marilie, j'adore encore ta beauté.

L'Amour te rend présente à ma pensée ; il me console, il veut que je résiste à la douleur qui m'assiége, qui me tue.

Plus je réfléchis à mon tourment, plus je pense à toi. Je vois ton visage, j'écoute ta voix, je surprends ton sourire.

Joyeux alors, je m'élance vers toi, mais je ne saisis qu'une lueur trompeuse, et mes bras affaiblis pressent en vain ma poitrine oppressée.

Je reconnais l'illusion et je ne puis supporter la violence de ma douleur. Ma vue se trouble, je chancelle, je tombe; il me semble que je vais mourir.

L'Amour attendri me relève, me soutient sur son cœur, et, de ses mains délicates, essuie mes larmes amères.

J'offre long-temps l'image incertaine de la vie et de la mort; puis je m'agite, je soupire, je demande où je suis.

Je me retrouve dans les bras de l'enfant aveugle, je lève ma tête languissante, et, d'une voix affaiblie, je lui adresse ces paroles :

« Si tu veux m'être secourable, va trouver Marilie; peins-lui mon désespoir, et vois, Amour, si elle pleure.

« Si son gracieux visage se couvre de larmes, apporte-m'en une seule sur ton aile rapide, et je serai consolé. »

———

LYRE XXIII.

———

Si tes yeux me voyaient plongé dans ce cachot, combattu de mille idées funestes et de
mille soucis, quelle serait, ô ma belle, quelle
serait ta douleur!

Je n'eusse pas résisté à la force de mes tourmens, et depuis long-temps je ne vivrais plus,
si l'enfant de Gnide, affectueux et compatissant,
ne venait ranimer mon courage, en me parlant
de Marilie.

Je m'élance de ma couche aux premiers feux
de l'aurore; le soleil a parcouru la moitié de sa
carrière, et sur mes épaules flotte encore ma
chevelure éparse.

« Pourquoi ce dégoût, me dit l'Amour? Mari-

lie n'estime-t-elle pas cette chevelure? et si tu
la laisses dépérir, n'auras-tu pas à redouter ses
justes reproches? » Je soupire, et l'ivoire ré-
pare le désordre dont se plaignait le petit dieu.

Le geolier m'apporte les alimens du prison-
nier. La table est bientôt dressée; mais tandis
que j'erre pensif dans ma triste demeure, tout
se refroidit, sans que j'en approche mes lèvres.

« Tu veux rompre le fil de tes jours, me dit
l'enfant céleste; tu as raison; Marilie éprouvera
angoisse sur angoisse. » — Alors tel qu'un malade à la vue d'un breuvage amer, je m'afflige,
mais j'obéis.

Le soleil se cache derrière l'horizon; je me
souviens, Marilie, que c'est l'heure où tu te
montrais à ta fenêtre. Mon visage tombe dans
ma main, et un torrent de pleurs s'échappe de
mes paupières.

« Fais trêve à tes douleurs, me dit le fils de
Vénus; en l'honneur de Marilie, donne l'essor
à ta muse. » — Des larmes brillent encore dans

mes yeux, et cependant je me prépare à chanter.

Le forçat vient allumer ma lampe lugubre et infecte; mon cachot en parait plus triste encore et plus effroyable. Non, je ne puis chanter; je ne puis même proférer une parole.

« Allons, me dit le petit dieu, il est temps de recueillir tes inspirations de la journée. » — Une parcelle de bois que je dérobe à ma table chancelante, remplace dans mes mains le stylet du poëte. L'huile de ma lampe sépulcrale, la fumée qui noircit les murs de mon cachot me fournissent une encre nouvelle. Non, mes lyres ne seront point perdues.

Le coq chante pour la troisième fois, sans qu'un sommeil bienfaisant appesantisse ma paupière. Je dis à l'Amour que je veillerai la nuit entière, et, par douceurs, par promesses, je tâche de l'engager à me tenir compagnie.

Il m'ordonne de me livrer au repos; il m'assure que je verrai Marilie en songe. Je ne réplique rien, je dresse ma couche étroite et rude,

j'éteins ma triste lampe et je me jette sur mon
vil grabat.

Comment, ô ma belle, résister à tant de douleurs sans l'assistance de l'Amour, puisque moi
qui vis sous son empire, j'éprouve tant d'angoisses et d'amertumes?

————

~~~~~~

LYRE XXIV.

Qu'elles sont différentes, Marilie, les heures que je passe dans ce cachot horrible, et celles qui s'écoulaient si doucement aux lieux de ta naissance !

Alors je me joignais à Glauceste. Assis tous deux à l'ombre d'un cèdre élevé, moi je chantais Marilie, lui chantait Eulina.

J'entends encore les accords de nos lyres harmonieuses ; nos chants rivaux s'élèvent vers le ciel, et l'écho tantôt repète : *tendre Marilie !* et tantôt : *ingrate Eulina !*

Les satyres abandonnent leurs grottes. Le plus léger vers nous s'avance, écoute, brise sa flûte et la foule aux pieds.

Ah! combien, s'écriait Glauceste, combien est précieux l'amour de Marilie! — Inconstante Eulina, répétait Dircée, quel sort plus beau pourrait te fixer?

Aucun berger ne songeait à son troupeau tant que durait notre lutte, et jamais, ô ma bien-aimée, elle ne se terminait avant le déclin du jour.

La nuit, j'écrivais dans ma chaumière les vers que pour toi j'avais chantés dans la journée. Aussitôt que je te les donnais, tu les lisais avec transport, et soigneusement tu les déposais dans ton chaste sein.

Je baisais tes doigts de neige, baignés de larmes de plaisir, et je jurais de ne jamais célébrer d'autre beauté que la tienne.

Je n'ai pas trahi mon serment, belle Marilie; maintenant, il est vrai, je ne chante pas tes attraits, mais le triste murmure de mes pleurs vaut mieux que l'harmonie de mes plus doux accens.

LYRE XXV.

———

Il me semble, Marilie, que j'habite l'affreux séjour de la mort; j'écoute sans cesse le bruit effrayant de mes chaines; mon cœur cependant ne frémit pas.

La clef retentit dans la porte solide. Il s'ouvre, mon obscur, mon infâme cachot; mon cœur cependant ne frémit pas.

Déjà Torres [1] s'assied. Il fixe sur moi ses yeux farouches; par mille ruses il cherche à saisir la trace d'un délit supposé; mon cœur cependant ne frémit pas.

———

1. José Pedro Machado Coelho Torres, juge d'instruction dans l'affaire de Gonzaga. Le roi de Portugal, peu de temps après son arrivée au Brésil, ayant nommé de nouveaux gentilshommes de sa chambre, Torres obtint cet honneur, et mourut subitement au bout de quelques mois.

Je vois, **Marilie**, je vois mille innocentes victimes attachées à d'infâmes échafauds pour des
crimes qu'elles n'ont pas commis. Mon cœur cependant ne frémit pas.

Mais lorsque je pense que je vais perdre l'espérance de te voir, de te posséder, **de te pres**-
ser dans mes bras, de couvrir **ta main** de baisers, déjà mon cœur frémit.

L'Amour , Marilie , asservit plus une âme
courageuse et **forte**, que la crainte de la mort.
Déjà mon cœur frémit.

———

LYRE XXVI.

———

Ne maudis pas, ô ma bien-aimée, ne maudis pas la justice sacrée qui me charge de fers; elle ne porte pas en vain le glaive vengeur; elle doit frapper le crime.

Les vertus du juge intègre, les vertus de l'honnête homme se confondent dans son cœur. Sa bouche austère prononce l'arrêt du coupable, mais ses yeux versent des larmes.

Si la vile calomnie dénonce l'innocence, la faute en est-elle à celui qui punit? Ce n'est pas le juge, c'est la loi qui condamne.

Dans l'Averne, les arbitres de notre sort ne reçoivent des mortels ni accusation ni preuve; mais ici tous les témoignages sont admis, et il ne peut y avoir d'erreur.

6

Je vois les furies vengeresses tourmenter les
tristes humains; l'une attise le feu, l'autre agite
les serpens ; tous ces malheureux maudissent
leur destinée, aucun n'accuse Jupiter.

J'adore aussi le maître du monde, quoiqu'il
me plonge dans un cachot dont je ne mérite
pas l'opprobre. Il frappe Dircée, ô Marilie, non
pas tel qu'il est, mais tel qu'il le juge.

Celui qui s'afflige en punissant un citoyen
qu'il croit coupable, ne briserait-il pas avec joie
les fers qui chargeraient des mains innocentes?

Oui, *Barbacena* [1], tu l'emportes sur les Titus
eux-mêmes par les saintes vertus dont ton cœur
est l'asyle. Tu n'honores pas seulement ceux que
tes faveurs vont chercher, tu honores encore
ceux que tu persécutes.

---

[1]. Barbacena. Voyez l'introduction. Le ministre de Portugal qui porte aujourd'hui ce nom, est son fils, et, quoique
fort jeune, il se trouvait auprès de lui au Brésil, lors de
la condamnation de Gonzaga.

LYRE XXVII.

Je descends dans l'arène, belle Marilie, je vais combattre les monstres terribles; un d'eux est déjà lancé. La terre retentit sous ses pas; mes bras nus le menacent, je l'attends.

C'est le tigre furieux; il se précipite sur moi; mes vigoureuses mains le pressent fortement; ses flancs s'agitent avec effort; il s'affaiblit, tombe, rugit et meurt.

Le lion lui succède. Il hérisse sa crinière sanglante. Pressé par la faim, il s'apprête à fondre sur moi. Qu'il vienne! pour soutenir son choc impétueux, les forces ne me manqueront pas.

Je comprime son souffle brûlant; sa langue sort de sa gueule béante; ses yeux s'enflamment, un mouvement convulsif ébraule tout son corps, il frappe la terre, se recourbe, expire.

Mais déjà, Marilie, l'effroi saisit ton cœur; tu crois que les destinées inhumaines ont livré ma vie au cirque des Romains.

Ce n'est pas avec les ours et les panthères que je mesure mes forces ; je combats le monstre sauvage qui m'accuse, monstre plus formidable que les tigres et les lions.

Que transporté de rage, il dirige vers mon sein le glaive meurtrier de la vile calomnie; une âme telle que la mienne est inaccessible à la crainte.

Oui, je puis punir son insolence, je puis fouler aux pieds sa tête hideuse et plonger dans son cœur les armes invincibles de l'innocence.

Mais, hélas! quand il croit que mon bras vengeur aspire à le précipiter dans les gouffres du Tartare, je veux, d'une main protectrice, en retirer son corps immonde.

Infâme, lui dirai-je, que ton cœur inhabile aux vertus rende grâces à mon âme céleste.

~~~~~~

LYRE XXVIII.

—

CHÈRE Marilie, la tourterelle à qui l'on a ravi sa jeune famille, se repose vingt fois sur la branche qui supportait son nid : accablée de douleur, elle roucoule tristement.

Mais bientôt elle s'envole dans l'épaisseur du bocage et ne revoit plus les lieux témoins de sa peine.

Quand la compagne du taureau a perdu sa génisse chérie, elle s'agite inquiète et rêveuse, dédaigne le pâturage, parcourt les chemins les plus fréquentés et fait retentir les échos de ses plaintifs mugissemens.

En peu de jours elle oublie l'objet de ses regrets et retourne au pâturage.

Le temps qui dévore le fer, et qui éteint jus-

qu'au nom des empires, efface aussi, ô ma bien-
aimée, les plus cruelles angoisses du cœur.

Mais aux maux que j'éprouve il n'offre aucune consolation.

Ainsi, ma belle, rien ne résiste à l'action de
la flamme, elle dissout le bronze, elle fait éclater
le rocher le plus dur.

L'*amiante* seul, de sa fibre vigoureuse, supporte
l'action du feu et ne brûle pas.

Ainsi, Marilie, bien que le suc de l'olivier
s'embrase et monte vers la voûte céleste en langues flamboyantes, on peut encore l'éteindre à
force d'eau.

Mais quand la *pierre-noire* brûle, toute l'eau
qu'on y jette ne sert qu'à l'enflammer davan-
tage.

La douleur que j'éprouve, égale, belle Marilie, l'amour qui dévore mon cœur.

Le temps, la mort elle-même ne mettront pas
un terme au chagrin qui me consume.

LYRE XXIX.

L'AVEUGLE chemine un bourdon à la main; il s'avance en tâtonnant, il demande sa route à ceux qu'il rencontre, et cependant souvent encore il trébuche.

Je ne reproche pas à la fortune d'être aveugle, mais d'être méchante et aveugle, aveugle qui ne tâtonne pas, qui ne demande pas sa route, parce que l'erreur lui sourit.

A celui qui n'a ni vertus ni talens elle donne un sceptre, et dans le berceau de l'indigence elle nourrit une âme digne d'un trône.

A celui que la sordide avarice tient enchaîné, elle remet les pesantes clefs d'un trésor, et elle précipite dans la misère celui qui connaît le prix des richesses.

Celui qui dérobe, celui qui opprime, grâces à l'infâme déesse, parcourent en liberté la carrière du vice. J'honore les lois de mon pays, et elle me jette dans ce vil cachot.

Mais, hélas! belle Marilie, sur quoi reposent les plaintes dont je frappe les murs de ma prison? Pourquoi accuser la fortune puisque la fortune n'existe pas?

Le sort, le destin, cette déesse que les sages nous peignent agitant une roue rapide, que sont-ils, si ce n'est la main cachée de la Providence, la sage main de Jupiter?

C'est nous qui sommes aveugles, nous qui ne voyons pas à quel but heureux elle nous conduit tous par des routes difficiles, par des sentiers escarpés.

Le méchant se réjouit de son bonheur;

l'homme vertueux s'enorgueillit de son mérite. L'infortune, Marilie, est bien plus honorable à mes yeux.

LYRE XXX.

Elle est plus belle que le lis éclatant, que la rose vermeille, que le cinnamome dont la feuille et la fleur se nuancent si délicatement ; non, Vénus n'égale pas mes amours.

La riche moisson qui couvre la plaine immense, et que le vent du soir agite mollement, n'a pas la grâce de cette chevelure dont les boucles ondoyantes flottent sur ses épaules de neige ; elle est noire, mais combien elle a de prix !

Les astres qui, la nuit, roulent silencieusement dans la sphère céleste, n'ont pas l'éclat de ses yeux enchanteurs. Ils défieraient l'éblouissante lumière du soleil.

Le jasmin d'Italie n'oserait le disputer à ses blanches joues, ni la neige éclatante quand elle s'évapore aux rayons du flambeau du monde. Elles sont de neige, ces blanches joues, et cependant elles brûlent le cœur.

Dans sa petite bouche je vois s'enlacer les perles et les grenats. Le rubis de l'Inde pâlirait auprès de ses lèvres où se tiennent suspendus des essaims d'Amours.

Si, touché du sort de Dircée, l'Amour ne lui eût conservé ce trésor, si l'espérance n'avait pas encore un asyle dans son âme, Dircée depuis long-temps ne serait plus.

Vois, ô ma bien-aimée, ce que peuvent tes charmes, ce que peut l'espoir de les posséder un jour. C'est en berçant mes tourmens de cette douce idée que je puis seulement combattre l'infatigable douleur.

———

LYRE XXXI.

———

Arrête, vil esclave du pouvoir, infâme ca-
lomniateur! n'exprime pas le suc empoisonné
des ciguës. La mort qu'il donne est trop lente;
cherche d'autres breuvages dont l'effet soit plus
prompt.

Descends au royaume sombre; rassemble des
poisons inconnus aux mortels. N'oublie pas ce
venin effroyable qu'entre leurs dents recourbées
distillent les serpens furieux.

L'écueil élevé que la nature posa au milieu
de la profonde mer, ne s'ébranle pas au sein de
la tourmente, quoique les vagues orageuses viennent avec fracas se briser contre lui.

L'arbre qui, dans les entrailles de la terre,
affermit ses robustes racines, se joue des autans

en fureur; il les redoute moins encore quand il courbe devant eux sa tête flexible.

Tel est ton Dircée, belle Marilie. Que le vent du Sud éclate et mugisse! Que la mer agitée se soulève, ne crains pas que son front s'altère! La solide vertu est plus forte que les roches profondes, plus forte que les cèdres élevés.

Le jour le plus redoutable est celui où la mort cruelle nous précipite dans l'horreur de la sépulture; le lâche, cependant, se résigne à cette loi fatale. Comment une âme telle que la mienne, une âme accablée de douleur et d'amertume penserait-elle à s'y dérober?

~~~~~~

LYRE XXXII.

———

Quel est cet adolescent dont un vert laurier environne la blonde chevelure ? Je reconnais le père des muses; il me confie sa lyre d'or.

« Assez de pleurs, ô mon fils, me dit-il; le cœur accablé de chagrins veut être consolé. Prends ma lyre, célèbre ta Marilie. »

Je frappe les cordes d'or, mais hélas! la céleste harmonie n'endort pas ma douleur. Je chante; et plus mes larmes coulent avec abondance, plus mes accens plaintifs deviennent sonores et mélodieux.

Un moment le dieu regarde ma main errante sur sa lyre; il m'écoute, puis il s'écrie: « Amour ! combien ton pouvoir l'emporte sur le mien !

« Dircée, je te donne ma lyre ; mais je veux pour prix de ce sacrifice que..... » Je ne chante que Marilie, ajoutai-je en l'interrompant.

———————

LYRE XXXIII.

Pour te chanter, Marilie, le père des muses,
le berger divin m'a donné sa lyre d'or.

Je frappe les cordes sonores, et sur ses blanches ailes la brise légère porte aux cieux tes
louanges.

« Tes noirs cheveux sont un vrai trésor ; un
seul embellit mon front mieux que le plus beau
laurier.

« Dans tes yeux l'Amour réside ; c'est de là
qu'il fait la guerre ; de là il déjoue toutes les
ruses, toutes les résistances.

« Souvent il se cache aussi entre tes lèvres
vermeilles, et donne à ton sourire une grâce
ravissante.

« Que de fois le dieu malin s'est reposé sur ton sein d'albâtre! que de fois il s'y est multiplié pour tourmenter les pauvres mortels!

« Tu l'emportes sur Vénus lorsqu'elle apprête ces armes subtiles qui soumettent le cruel dieu de la guerre. »

Ainsi coulaient mes vers, ô Marilie, lorsque le bruit douloureux de mes chaînes est venu tout à coup en interrompre le cours.

Je soupire, je m'afflige; mais dévorant encore mes tristes pleurs, je recommence bientôt à chanter :

« Je suis un modèle vivant de constance; et vous, mes fers, un jour vous ornerez le temple de l'Amour. »

~~~~~~

LYRE XXXIV.

———

LE sort, ô ma bien-aimée, m'a ravi dans un seul jour tous les biens que je possédais:

Les honneurs de chef des bergers, un riche troupeau, un patrimoine fertile, étendu, une chaumière bien abritée.

Il m'a plongé dans cette infâme sépulture, sépulture sans gloire, cachot étroit et ténébreux.

Ici, ô ma bien-aimée, je n'obtiens pas même qu'un autre malheureux vienne souffrir avec moi.

Mais les dieux, pour me dédommager de cette disgrâce, me donnent une compagne bien chère à mon cœur.

Mes sens ne me trompent pas, Marilie; c'est avec toi que j'habite ce noir cachot; c'est avec toi que je souffre.

Je ne vois pas cependant ta figure céleste, tes longs cheveux flottans, tes jolies mains de neige.

Ah! si tous ces trésors s'offraient à ma vue, dussé-je monter à l'échafaud funèbre, je ne me croirais pas malheureux.

Je n'entends pas ta voix affligée ni tes ardens soupirs.

Mais je couvre de baisers et de pleurs les caractères tracés par ta main amoureuse.

Tu m'engages à m'abandonner à mon destin; tu me promets que, pendant l'absence, ton amour sera loyal et sincère.

De nouveau je presse ta lettre sur mon cœur, de nouveau je la baigne de larmes.

Que le sort impitoyable m'enlève le fruit de mes veilles et de mes sueurs!

Je jure que je ne m'en plaindrai pas, tant que ma bien-aimée me gardera sa foi.

Quels maux volontaires ne supporteraient pas ceux qui t'aiment, ô Marilie, seulement pour entendre le son de ta voix?

Que la fortune aveugle prodigue aux autres ses faveurs! Moi je possède un bien qu'elle refuse souvent à ses plus chers favoris.

~~~~~~

LYRE XXXV.

Ne repousse pas, Marilie, ces mains trop long-temps comprimées par des chaînes cruelles. Ces fers ne sont point le châtiment de coupables erreurs. D'infâmes imposteurs les ont forgés pour ton pauvre Dircée.

Cette main qu'ils accusent d'être criminelle, jamais, non jamais ne cessa d'être pure. On lui doit ces sages écrits loyalement consacrés à la défense des biens de l'empire.

Il est vrai, Marilie, il est vrai que j'aspirais à la possession d'un sceptre; mais ce royaume que je convoitais avait son trône dans ton cœur.

La foudroyante artillerie, les mousquets meurtriers ne me prêtaient point leur secours. Je n'avais pour toutes armes que des soupirs, des prières et des pleurs.

Les soins, les tendres empressemens, les naïves caresses formaient tout mon cortége. Je n'avais point dans mon camp de troupes étrangères, l'Amour ne veut pas d'alliés.

Mais, un jour viendra peut-être où ces chaînes honteuses se changeront en fleurs, où je goûterai dans tes bras charmans l'oubli de toutes mes infortunes.

Alors, avec orgueil, je m'écrierai : « Je suis monarque, et, ce qui vaut mieux encore, je règne sur un cœur divin. Un trône fondé par l'amour n'est-il pas préférable à tous ceux qu'érigea la force ? »

————

LYRE XXXVI.

———

Oiseau mélodieux, qui connais sans doute mes infortunes, et qui cherches à les adoucir par tes accens,

Ah ! ne chante pas, ne chante pas si tu veux me plaire; écoute, je vais te dire comment tu peux me rendre un bien plus grand service.

Déploie tes ailes, fends les airs, dirige-toi vers le port d'*Estrelle*, gravis la montagne, et si tu te sens fatigué un moment, repose-toi sur un des arbres qui l'ombragent.

Prends la route de *Minas* : tu verras à droite une église neuve; vole, vole toujours jusqu'à *Villa-Rica*.

Pénètre dans cette riche province, passe un vaste pont, franchis le second qui se présentera ; vis à vis le troisième s'élève une maison.

Auprès de la porte tu verras une grande fenêtre ; elle éclaire l'appartement de ma belle Marilie.

Pour t'aider à la reconnaître, je vais te peindre sa figure, sa taille, son attitude, toutes les grâces de ses manières.

Son visage est arrondi, ses noirs sourcils se dessinent en demi-cercle, l'ébène colore ses beaux cheveux, et son teint a la blancheur de la neige.

Sa bouche petite semble toujours sourire, ses joues ont le reflet de la rose naissante ; en un mot, c'est la plus belle des belles que tu rencontreras.

Approche-toi de son oreille, et dis-lui que c'est Dircée qui t'envoie ; Dircée gémissant au fond d'un obscur cachot, accablé de souffrance et privé de toute consolation.

~~~~~~

LYRE XXXVII.

———

Lorsque la vaste mer s'agite, lorsque les vagues irritées se brisent en éclats sur les roches profondes, le navire privé de son gouvernail essaie en vain de résister à l'orage : il échoue bientôt et devient le jouet de la tempête.

Ainsi, celui qui n'a pas remis à la beauté le soin de son bonheur, quand le ciel se couvre de nuages, quand souffle le vent irrité, ne trouve pas dans ce moment fatal la force de supporter sa destinée.

Dans le sombre cachot où je languis, combien de fois, Marilie, je me surprends rêveur, le visage appuyé dans la main ! De combien d'images funestes me poursuit l'infatigable douleur !

Il me semble que l'honneur tout couvert de

deuil apparaît à ma vue. J'aperçois la figure
d'un père vénérable baignée de larmes, les amis
livrés à l'affliction, la famille consternée.

Si je jette mes regards d'un autre côté, je
vois sur une place immense un funèbre appareil,
je vois les croix sanglantes, les cruels chevalets,
le large cimeterre brillant et affilé.

Une froide sueur couvre mes membres fatigués, je soupire, je cherche en vain un soulage-
ment à mes angoisses ; un funeste délire s'empare de mes sens. Il me semble, ô Marilie, il me
semble que la cruelle mort m'étouffe entre ses
bras sanglans.

Alors reviennent à ma pensée tes joues de rose
et de neige, tes yeux brillans et doux, tes dents
d'ivoire, ta bouche gracieuse.

Ainsi que l'étoile du matin chasse la nuit profonde, ainsi que le soleil à son lever dissipe les
humides vapeurs, ainsi que la brillante Iris pu-
rifie le ciel quand elle se montre au sein de la
tourmente ;

Ainsi, l'idée de Marilie bannit de mon esprit la triste illusion, la cruelle démence. Je reprends ma raison, ma sagesse ; un doux espoir renaît dans mon âme innocente.

Je retrouve mes forces perdues, une vive couleur anime mon visage, mon sang circule librement et mon cœur bat sans contrainte. Vois, Marilie, vois quel est sur les maux que j'endure le pouvoir de ta beauté.

———

LYRE XXXVIII.

Je vois cette déesse que les anciens nommaient Astrée; un bandeau couvre ses yeux; l'une de ses mains tient une balance; un glaive brille dans l'autre; sa vue ne m'inspire aucun effroi. Impassible, je marche à sa rencontre et je lui dis :

« Quel peuple accuses-tu d'avoir conspiré avec moi? le peuple américain, le peuple le plus loyal et le plus fidèle ? Il arrache ses forteresses au pouvoir d'un maître injuste, il les fait rentrer lui-même sous l'obéissance du trône lusitanien.

« Quel tableau l'histoire déroule à nos yeux ! Pernambuco tombe en la puissance des Hollandais; les Français livrent Rio-Janeïro au pillage; là coule le sang brésilien; ici le sang ne suffit pas; l'argent des victimes enrichit encore les meurtriers. »

A ces mots la déesse change de visage, elle fronce le sourcil, ses yeux roulent dans leurs brûlans orbites, et de larges rides sillonnent son front furieux. Sa colère ne peut m'émouvoir, je ne lui laisse pas le temps de m'accabler de son poids terrible, et je poursuis en ces termes:

« Dis-moi, déesse farouche, le peuple lusita- nien a-t-il fermé son âme à tout sentiment d'hon- neur et de loyauté? N'est-ce pas ce même peu- ple qui tant de fois se couvrit de gloire? Et quel droit as-tu de le supposer aujourd'hui criminel, quand tout se réunit pour te prouver qu'il ne le fut jamais?

« Y a-t-il à Minas un homme que sa naissance ou ses richesses rendent redoutable, et qui, par le respect qu'il inspire ou par l'or qu'il répand, force la multitude à se déclarer en sa faveur? Les biens de tous ceux que tu traites de révoltés

ne suffiraient pas pour entretenir cent soldats
pendant une année.

« Les paisibles habitans de nos campagnes font-
ils assez peu de cas de leur bien-être, de leur
honneur, de leur vie, pour confier une pareille
entreprise à un homme sans considération, sans
fortune, à un vagabond en démence ? ¹ Et, en
supposant qu'ils eussent voulu le charger d'une
mission aussi importante, quel salaire pouvaient-
ils lui offrir ? De quelle aumône seulement pou-
vaient-ils l'encourager ?

« Je cherche en vain des renforts aux environs
de Minas. Avions-nous l'espoir de trouver des
alliés dans la colonie ², à Bahia ? Le Brésil était-il
devenu semblable à cette Helvétie, qui trafique
à prix d'or du sang de ses soldats ?

« Les imprudens discours de celui qui cause

1. Le poète veut parler d'un lieutenant d'infanterie ap-
pelé Joachim José Ferreira et surnommé *Tiradentes*. Admis dans la société de Gonzaga et de ses amis, il enveni-
mait follement les propos qui s'y tenaient et les répandait
dans le public. Il paya de sa tête ses inconséquences.

2. Colonia do Sacramento.

tous mes tourmens, m'inspirent plus de pitié que
de terreur. Le hasard seul dirigea sa démence.
Il eût pu se faire aussi bien Neptune ou Jupiter.
La prudence exige qu'on le traite suivant les
règles de l'art, qu'on l'enferme, ou bien qu'on
le livre aux enfans pour qu'il leur serve de jouet. »

A ces mots la déesse pousse un long soupir,
elle soupire encore, elle veut fuir. «Tu t'irrites,
lui dis-je? Et qu'y a-t-il dans mes discours qui
puisse t'offenser? Je ne t'ai pas encore parlé de
moi; reste.... écoute.....

« Que pouvaient m'offrir tes conjurés? Un état
au berceau, en proie à la guerre intestine, menacé par la guerre étrangère? Me crois-tu assez
insensé pour sacrifier un bien-être certain à un
avenir aussi fragile?

« Ne suis-je pas encore ce zélé citoyen qui, naguère, sollicitait l'extinction de la dette publi-
que? As-tu jamais vu la révolte excitée par un
homme qui chante la joie au sein de la paix? et
puis-je avoir eu l'idée de me jeter dans les hasards d'un horrible complot, moi qui ne cher-

chai toute ma vie qu'à faire régner la concorde,
moi que la seule pensée d'un outrage faisait tressaillir ?

« Ne sais-tu pas combien je hâte de tous mes
vœux l'heure d'un départ qui s'éloigne toujours ?
Ignores-tu que la fortune me sourit, qu'elle me
convie à de plus belles campagnes ? Ah ! si j'avais
foulé cette terre chérie, on ne m'eût pas vu au
milieu des perfides qui m'ont trahi. Ce n'est
point de l'or que j'emporterai de ces lieux, je ne
leur demande que mon amie.

« Mes aïeux ne m'ont pas laissé d'immenses trésors ; je ne me suis pas enrichi dans les fonctions
publiques ; je ne possède pas les connaissances
d'un bon capitaine ; et c'est moi, c'est moi que
les révoltés allaient mettre à la tête d'un empire
qu'ils élevaient au prix de leur fortune et de
leur sang ! »

Ici la confusion de la déesse est à son comble ;
un sourire infernal ride ses lèvres contractées ;
elle n'attend plus rien, elle fuit. Ah ! va-t-en,
lui dis-je, va-t-en, j'aurais bien mieux employé
ces instans auprès de Marilie.

FIN.

www.ingramcontent.com/pod-product-compliance
Lightning Source LLC
Chambersburg PA
CBHW061503030726
47503CB00005B/1796